I0635361

Ccesco

AUTOR: A.O.Mora - adeloumerdemora@yahoo.es
Portada: Alberto Fernández Mancilla
albertoferman@gmail.com
© 2010 Todos los derechos reservados.
ISBN 978-1-4466-6441-4

"Hay que darle al niño malo, más amor y menos
palo."
Refrán español.

"¿Cómo es que, siendo tan inteligentes los niños, son
tan estúpidos la mayor parte de los hombres? Debe ser
fruto de la educación."
Alejandro Dumas (1803-1870), escritor francés.

PRÓLOGO

Los últimos años de pre-adolescencia, junto con la adolescencia, son una etapa confusa, en la que el ser humano está asentando su personalidad, buscando su sitio, intentando encontrar respuestas a preguntas que ni siquiera tiene capacidad para plantear. Es una época tan complicada que si no la pasa en un entorno sano le dejará marcado para el resto de la vida.

Ashley Montagu, antropólogo y humanista, dejó escrito: "Aprender a hablar nos cuesta muchos meses. Aprender a amar puede costar años. Ningún ser humano nace con impulsos hostiles o violentos, y nadie se vuelve hostil o violento sin tomarse el tiempo necesario para aprenderlo".

Los niños, y esto está comprobado, hacen lo que ven y oyen. Es decir, imitan a sus padres. Los numerosos trastornos psicológicos y psicopatológicos, que se manifiestan durante la infancia, o, a veces, cuando llega la adolescencia, son debidos al entorno familiar en que han vivido.

Los niños dan y desean recibir cariño y, desde pequeños, son receptivos a éste. Sin amor el niño crece entre el olvido y la oscuridad

Ccesco es una historia de ficción creada a base de elementos marginales y sentimientos antagónicos y reales que se pueden dar en cualquier lugar del mundo, en cualquier persona y en cualquier momento, como droga, prostitución, maltrato, abuso, dinero, muerte, odio, tristeza, celos, amistad, amor, bondad, alegría, inocencia, esperanza... que mezclados con las diferentes personalidades y entornos vitales dan como resultado este complejo mundo en el que le ha tocado vivir, y a veces sobrevivir ante tanta adversidad.

Como en anteriores relatos, éste supone una nueva oportunidad para bucear por la mente de un niño con problemas sociales y familiares, y que sirve para intentar comprender sus sentimientos, emociones y reacciones, que a veces pueden parecernos extrañas e irracionales.

Después de hablar con algunos de estos niños, de escucharles y compartir tiempo con ellos, vas descubriendo sus anhelos, deseos y esperanzas, la mayoría comunes a casi todos los niños, como es ser futbolista, rico, y/o famoso, sin embargo tienen otros sueños tan simples como es el de tener unos padres normales y ser felices como otros niños. Aunque a medida que van creciendo se acostumbran y se adaptan a la vida y la familia que les ha tocado, convirtiéndose poco a poco en eso que tanto detestaban cuando eran más pequeños.

Ccesco es un niño perteneciente a esa generación que cambia el círculo educativo por el delictivo. Con nueve o diez años comienzan a ausentarse de forma esporádica del colegio para abandonar definitivamente los estudios ante la complicidad comprensible de los profesores que prefieren a estos chicos y chicas conflictivos lejos de sus aulas, y ante la pasividad del

6

sistema capitalista y sus políticos más interesados en ahorrar recursos sociales para mantener sus millonarios sueldos y pensiones.

Es un grave error que sigue cometiendo conscientemente el hombre, los gobernantes parecen que aún no quieren entender aquella frase dicha hace más de dos mil años por Pitágoras, "educad a los niños y no será necesario castigar a los hombres".

En esta sociedad sobran cárceles y faltan recursos educativos. Y faltan también gobernantes políticamente incorrectos, capaces de imponer la ley por encima del libertinaje, con valor suficiente para retirar custodias y encargarse de educar a estos niños semicallejeros, en riesgo de exclusión social desde el mismo momento en que son engendrados, que están condenados sin futuro por sus propios padres que se desentienden totalmente de su obligación a enseñarles a vivir correctamente porque ni ellos mismos lo hacen.

Pero está claro que no hay esperanza de mejora porque vivimos bajo un sistema capitalista corrupto y globalizado, en el que importa más el metal que la salud o educación de un ser humano.

Nota: Las pesadillas de Ccesco están inspiradas en dibujos hechos por niños que realmente han sido abusados o maltratados.

La palabra Milán aparecerá sin tilde cuando se refiera al equipo de fútbol de la ciudad ya que se pronuncia con acento en la **i** y no en la **a**.

"La palabra progreso no tiene ningún sentido mientras haya niños infelices."
Albert Einstein (1879-1955), físico estadounidense de origen alemán.

"El medio mejor para hacer buenos a los niños es hacerlos felices."
Oscar Wilde (1854-1900), escritor irlandés.

Uno

Respiró hondo, permanecía tumbado boca arriba en la cama intentando dejar la mente en blanco mientras mantenía la mirada fija. Se conocía de memoria cada palmo de aquel viejo techo, cada grieta y humedad que degradaban aún más el color pistacho de la pintura desgastada por el paso del tiempo y la falta de mantenimiento.

El dueño de aquel hostal no gastaba mucho dinero en embellecer su negocio, tal vez era porque estaba cerca su jubilación y quería ahorrar para su retiro o tal vez porque era lo mejor para ocultar su tapadera. Sólo arreglaba lo imprescindible para el funcionamiento de la corriente eléctrica y el agua, mientras que la parte estética era abandonada a su suerte.

No importaba, el negocio iba bien. Cualquier persona decente y con un mínimo grado de exigencia en el servicio saldría corriendo al ver la lúgubre recepción donde el dueño despachaba en camiseta blanca de tirantes con surcos amarillentos bajo las axilas desde detrás del mostrador de madera carcomida, acompañado por su gato víctima de alopecia y garrapatas que le tatuaban el cuerpo de calvas, y con algunas cucarachas que correteaban libres por el suelo cuando había algo de silencio. Sí, huirían las personas normales de allí por miedo a acabar como aquel gato que invitaba más a esquivarlo que acariciarlo, por miedo a salir con huéspedes corporales indeseados como garrapatas, piojos o pulgas.

Pero las personas que allí acudían no eran decentes, ni siquiera lo que la sociedad podría considerar normales. Eran clientes ávidos de satisfacer fantasías que la sociedad castigaba, usuarios de una prostitución aberrante que tenía que ocultarse muy bien para evitar el fin del negocio. El dueño del hostal había aprendido que, para evitar que gente normal entrara allí, debía ser grosero, debía tener un comportamiento acorde con la sordidez de los pasillos y habitaciones. Y lo consiguió. Allí sólo entraban los clientes guiados hasta el hostal por las jovencitas y los jovencitos, en busca de un lugar discreto donde satisfacer esas fantasías. No había preguntas ni reproches por parte del viejo, pero tampoco había hoja de reclamaciones.

La lista de precios era variable, cuanto menor edad más cara era la habitación para el cliente que callaba y pagaba ansioso por llegar al cuarto.

El viejo conocía las caras de todas las prostitutas y chaperos, sus nombres y nacionalidades, el motivo que les empujaba a las calles: mafia, drogadicción, fuga del hogar, abandono. Podían ser muchas y variadas las motivaciones personales que les habían metido en aquella forma de vivir, o más bien de morir lentamente física y psicológicamente, ese pozo oscuro y sin retorno que les envejecía apresuradamente dejándoles inservibles antes de la treintena, si tenían la mala suerte de llegar.

El viejo dueño del hostal prefería que la mafia estuviera detrás porque, aparte de recibir protección por ser un buen colaborador, las chicas, y sobre todo los chicos, eran más dóciles y se comportaban. No era igual que un adolescente que se prostituía para saciar su drogadicción ya que a veces acudían a realizar el servicio con un mono incontrolable y daban problemas porque perdían la cabeza. Ponían en peligro el negocio de todos y eso a la mafia no le gustaba, por eso tenía el teléfono de un par de tipos, una llamada y aparecían enseguida o enviaban a alguien para bajar los humos al que se atreviera a armar escándalo. Ellos siempre tenían gente cerca vigilando los negocios, y a la hora de imponer orden lo hacían sin contemplaciones y con más efectividad que la policía. Por eso el dueño del hostal prefería llevarse bien con ellos, por el bien de todos, excepto de las mentes adolescentes y jóvenes que aumentaban su destrucción con cada visita a aquel lugar.

Conocía a los de Europa del Este que se encargaban de nutrir de bellas búlgaras, rumanas, húngaras y rusas la ciudad, también se llevaba bien con la Camorra italiana, sicilianos y napolitanos, proveedores de droga para las mentes inseguras de jóvenes y adolescentes deseosos de riesgo y nuevas experiencias. Era respetado y eso le hacía sentir bien en éste tramo final de su vida en el que la sociedad le trataba como inservible, ya no era productivo para el sistema capitalista que le condenaba a la soledad o al recogimiento en uno de esos lugares en los que trataban a los ancianos como niños o peor, como disminuidos intelectuales. Él no quería acabar así sus días, aunque su cuerpo no funcionaba como antes su mente sí, así que prefería ir a una prisión con respeto y protección de sus amigos antes que a una residencia donde le trataran como si fuera gilipollas.

*

El niño se cansó de mirar el techo así que se levantó para ponerse el pantalón y se sentó nuevamente para perder la mirada en su camiseta, la del Milan, el equipo de su ciudad y de su corazón, donde se imaginaba jugando una y otra vez cuando creciera.

-Toma chico.

La voz de su cliente le hizo alzar la vista y regresar del mar de rayas rojinegras del tejido, después estiró el brazo para coger los billetes que le ofrecía.

-Ha estado muy bien.

Inclinó la cabeza hacia un lado para esquivar la caricia del hombre mientras se guardaba los billetes en el bolsillo, no quería sus caricias ni sus besos, el servicio había terminado y sólo necesitaba el dinero.

-Puedes irte si quieres, ya hemos terminado- dijo el hombre con desinterés mientras se iba hacia el baño fumando.

-¿Me das un cigarro?

-Cómpratelos- respondió desde el baño -ahora tienes mi dinero.

Su tono de voz había cambiado, ahora era más seco, pero el niño estaba acostumbrado. Con todos los clientes era parecido, siempre se acercaban con voz dulce, amable y susurrante, pero una vez descargada la tensión todo cambiaba, aunque las reacciones eran diferentes, algunos parecían irascibles y enfadados, otros se mostraban avergonzados y hasta arrepentidos, incluso se disculpaban, y después había otros clientes que parecían estatuas indiferentes y silenciosas, se volvían mudos y continuaban como si nada hubiera pasado, leyendo, hablando por el móvil o escuchando música. Pero lo que el niño había observado es que ninguno parecía orgulloso de lo que había hecho, sabían que aquello estaba mal y que por eso tenían que esconderse como parias por miedo al rechazo. Eran muy diferentes a los clientes de su madre, la mayoría continuaba su vida con normalidad, sin esconderse, sonriendo, incluso alguno bromeaba con él si se cruzaban por la casa.

Se levantó y miró hacia la puerta del baño, después de dudar un instante abrió rápidamente el cajón de la mesilla donde el hombre había dejado el tabaco y se guardó el paquete en el bolsillo. Respiró hondo, besó el escudo de su equipo en la camiseta y se la puso mientras salía de la habitación.

Dos

Soltó la maleta sobre la cama y echó un vistazo a su alrededor, asintió orgulloso por la limpieza y el orden de la suite. David era muy meticuloso con los detalles, a veces demasiado, pero gracias a ello había tenido éxito en los negocios.

Se dirigió al baño para refrescarse la cara. Se inclinó cerca del grifo abierto formando un cuenco con sus manos para después frotarse la cara con suavidad, y permaneció inclinado mientras el agua se juntaba para escapar chorreando por la punta de la nariz, después alzó la vista para mirar su reflejo en el espejo. La edad comenzaba a dejar marca en su cara, recién superados los cuarenta parecía que las arrugas tenían prisa por mostrarse en su piel dura y gruesa, y las canas también asomaban por su repeinado pelo castaño.

Cerró el grifo y se incorporó. No le había gustado la visión tan cercana de su rostro, prefería tener una panorámica de su cuerpo atlético. Se puso de perfil y se pasó la mano por la camiseta a la altura del pecho, después forzó una media sonrisa, el deporte daba sus resultados, podía tener algunas arrugas y canas de más, pero se mantenía en forma y pensaba hacerlo así mientras sus fuerzas se lo permitieran.

Se acercó al mini bar y se sirvió un whisky, la afición por la bebida aún no era preocupante, había empezado hacía más o menos un año, empujado por su divorcio. No se había llegado a emborrachar nunca, simplemente bebía un vaso cuando los recuerdos amenazaban con arrastrarle hacia la tristeza. Sentía frustración, tanto éxito en los negocios y tan poco en el amor.

La mujer con la que había estado compartiendo los últimos quince años le llevaba engañando cinco, y fue tan estúpido que no se dio cuenta hasta hace un año.

David suspiró y se bebió el whisky de un trago, cerró los ojos con fuerza mientras sentía el calor descendiendo por la garganta.

No había podido darse cuenta antes, estaba demasiado ocupado trabajando, tal vez esa era la razón por la que empezó a engañarlo después de diez años, sin embargo David eludía cualquier sentimiento de culpabilidad.

Dejó el vaso en la mesa que había frente al sofá y se acercó para abrir la maleta. Cogió un cuaderno con tapa dura de color amarillo y tonalidad apagada, lo sujetó con la mano izquierda mientras con la derecha pasaba rápidamente el grueso de páginas en blanco. Hacía ya más de un mes que lo había comprado y aún no se había animado a escribir nada, por mucho que insistiera su psicólogo en el desahogo que podría suponer reflejar todos sus pensamientos y sentimientos, no lo veía claro así que lo arrojó sobre la almohada y se puso en pie.

Estaba un poco cansado porque acababa de llegar del aeropuerto, pero necesitaba despejarse y además tenía hambre.

Conocía Roma y Turín pero nunca había estado en Milán, capital financiera de Italia, lo que para él era casi un delito siendo un tiburón de los negocios.

El clima era agradable, aunque el verano empezaba a apretar el sol aún era soportable. Se paró a observar la calle un instante mientras escuchaba el ruido del tráfico, después caminó hasta un quiosco cercano para ojear la prensa.

-La Gazzeta dello Sport por favor.

David tenía un abuelo italiano por lo que el idioma no era un problema. Además de hablar correctamente el castellano y el italiano, chapurreaba un poco el francés y se defendía con el inglés, aunque su mayor preocupación era aprender chino, debido al gran auge económico de la nación asiática pensaba que en el futuro serían los dominantes en el mercado mundial, así que debía estar preparado.

Después de recoger las monedas del cambio y meterlas en el bolsillo sin comprobar si estaba correcto, echó un vistazo a la portada.

-Kaká sesenta y cinco millones- leyó asombrado en voz alta.

Dobló el periódico y se lo colocó bajo el brazo al tiempo que sonreía negando con la cabeza. Admiraba a Florentino, él sí que era un verdadero mago de las finanzas. Después de haberse ido bajo algunas críticas, estaba de vuelta a la presidencia del Real Madrid, y con mucha más fuerza. En el periódico aseguraban que ficharía también a Cristiano Ronaldo por unos cien millones de euros.

Mientras pensaba en la maravillosa plantilla que estaba confeccionando el Real Madrid, recorría las calles sin prestar mucha atención a su alrededor. Al girar una esquina comenzó a cruzarse con algunas mujeres de faldas que más parecían un cinturón y prendas ceñidas al cuerpo que dibujaban atrevidos escotes, todas ellas de aspecto similar a las que se podían encontrar en la Casa de Campo o en Montera.

-No gracias...tengo un poco de prisa, luego vuelvo.

Aceleraba el paso cada vez que alguna intentaba entablar conversación. Al doblar otra esquina y escapar de ellas retomó su marcha con normalidad mientras suspiraba y se pasaba la mano por la frente para secarse el sudor, lo que menos le apetecía en éste momento era estar con una mujer, lo prioritario ahora mismo era comer y después dormir una buena siesta. Se llevó el periódico de nuevo frente a los ojos para, sin desdoblarlo, releer la noticia del fichaje de Kaká por el Madrid.

-Hola.

David bajó el periódico para interesarse por la voz infantil que le había saludado. Miró a su alrededor preguntándose de dónde había salido aquel niño. Era tan pequeño y menudo que la edad que aparentaba no coincidía con la real, tenía una piel dorada por las horas que se pasaba callejeando al sol, un pelo negro revuelto que le daba un aspecto descuidado, y unos ojos también negros, grandes y profundos, tan extraños y penetrantes que parecían realizar un detenido estudio cuando se posaban en cualquier lugar.

-Hola- respondió David mostrando una amable sonrisa.

Estudió atentamente su atuendo deportivo, la camiseta del Milan con algún pequeño roto, los pantalones cortos tan desgastados que el color negro se difuminaba suavemente, y las zapatillas llenas de raspones por la parte delantera fruto del continuo roce con el balón.

El niño frunció el ceño cambiando su expresión amable por otra de impaciencia.

-¿Necesitas algo?- preguntó David sin perder la sonrisa.

-¿Quieres sexo?

David tragó saliva pensando que su mente le había jugado una mala pasada y había entendido mal sus palabras.

-¿Cómo dices?- preguntó intentando confirmar sus intenciones.

-Estoy libre.

David no lograba asimilar que aquel pequeño que apenas le llegaba al pecho le estuviera ofreciendo sexo con esa naturalidad, miró de nuevo a su alrededor intentando descubrir alguna cámara porque pensaba que aquello era algún tipo de broma de mal gusto.

-Creo que no estoy interesado- consiguió decir débilmente.

El niño no desvió ni un instante su penetrante mirada.

-Si buscas drogas, conozco un tipo- el pequeño señaló hacia el final de la calle -que me da dinero si le llevo nuevos clientes.

-No, yo no tomo drogas.

-Entonces, ¿qué haces aquí?- preguntó en un tono impertinente, como si estuviera ofendido por la pérdida de tiempo.

-Yo, sólo me he perdido, no soy de aquí, he empezado a caminar y...

-Ya- interrumpió el chico con una sonrisa irónica -muchos de los que vienen por aquí dicen lo mismo cuando les pilla la poli.

-No, en serio. Creo que debo irme.

-¿De verdad que no quieres nada?- preguntó frustrado el pequeño.

David negó con la cabeza, abrumado por la situación, y se despidió para continuar su camino mientras el niño se sentaba en un bordillo a esperar. Al alzar la vista se percató de la presencia silenciosa de un hombre que observaba la escena a lo lejos, lanzando miradas furtivas hacia ellos mientras sostenía un periódico con las dos manos para disimular. De repente se sintió mal marchándose sin más, dejando al niño en soledad para que aquel depredador se acercara ansiosamente a su presa. Después de unos pasos se giró hacia él.

-Oye chico.

-¿Sí?- respondió incorporándose con la esperanza de un negocio.

-Me dirigía a comer a algún sitio, si quieres ven y te invito.

-¿A comer?- preguntó extrañado el pequeño.

-Sí, ¿vienes?

El chico agachó la cabeza y se sacudió el polvo del trasero mientras pensaba, después miró a David y se encogió de hombros mostrándose indeciso.

-Vamos- ordenó David haciendo una invitación con la mano.

Caminaron juntos por la callejuela, al pasar al lado de aquel hombre que permanecía apoyado en la pared le miró fijamente, desafiante. El hombre alzó el periódico para tapar su rostro, frustrado por que se habían llevado al chaval. Aunque por allí podía encontrar otros jóvenes, ninguno era de tan corta edad.

*

La camarera se alejó después de entregarles las cartas. David miraba fijamente al niño que curioseaba intentando elegir entre tantos platos diferentes, nunca había comido en un restaurante elegante, cuando comía fuera de casa solía hacerlo en un Burger o Mcdonalds donde no había tanta variedad. De repente alzó la mirada instintivamente al sentir que le observaban.

-No hagas eso- reprendió ofendido.

-¿El qué?- preguntó David con sorpresa.

-No me gusta que me miren así.

-Perdona, no quería molestarte.

David comenzó a mirar su carta sin interés, con la imagen de su mirada en la mente, como una fotografía, analizaba sus ojos, no tenían el brillo que debieran tener los ojos de un niño, parecían cargados de amargura, llenos de la sabiduría maliciosa de alguien criado en la calle.

La camarera se acercó a la mesa y se paró sonriendo.

-¿Han elegido ya los señores?

David miró de nuevo al niño que emitió un leve sonido al ahogar una carcajada después elevó ligeramente la cabeza y puso una expresión seria, fingiendo aires de grandeza.

-Sí- comenzó a decir con un forzado acento aristocrático -yo tomaré un filete de ternera muy hecho, con patatas y ensalada- después de entregar la carta miró al pequeño.

-Yo tomaré una hamburguesa grande con patatas.- dijo imitando la actuación de David.

-Muy bien- dijo la camarera manteniendo la compostura al captar la ironía del niño -¿Y para beber?

-Whisky.

-Coca Cola.

-Muy bien.

El chico esperó a que la camarera se alejara para comenzar a reírse discretamente.

-¿Señores?

-Sí, éste es un restaurante elegante,- explicó sonriendo David por su reacción -es el trato que dan a la gente.

Él estaba acostumbrado a dormir en los mejores hoteles y a comer en los restaurantes más elegantes, pero estaba claro que aquel niño venía de un estrato social bajo, alejado de cualquier lujo y de la educación y el trato exquisito de estos lugares.

-¿Y cómo se llama el señor que me acompaña?

-¿Qué?- preguntó el pequeño extrañado retomando el gesto serio.

-Mi nombre es David. ¿El tuyo?

El niño pareció dudar mirándole con desconfianza por aquel interés que creía fuera de lugar.

-¿Por qué me dices tu nombre?

David se quedó en silencio, pensativo, como si hubiera hecho algo malo.

-¿Por qué no?

-Mis clientes nunca me dicen su nombre, yo les llamo señor y ellos me llaman chico, es mejor así. No me gustaría que me llamaran por mi nombre mientras...

-Ya,- interrumpió David sintiéndose incómodo por el rumbo de la conversación -te entiendo. Pero quiero que te quede bien claro, yo no soy tu cliente.

La camarera se acercó portando una bandeja, interrumpiendo un instante la charla mientras dejaba con cuidado los vasos sobre la mesa, después se marchó.

-¿Porqué lo haces?- preguntó tras dar un sorbo desesperado al whisky.

-¿Por qué crees?- dijo un poco ofendido el chico.

-Ya supongo que es por dinero. Pero, ¿para qué necesitas el dinero?

-Eso no te importa- respondió arrugando el entrecejo.

-Escúchame, mi intención no es ofenderte con éstas preguntas,- dijo David con un tono firme -es sólo que quiero comprenderte y entender ésta situación que para mí es totalmente extraña. Si quieres me respondes y si no, pues no pasa nada. ¿De acuerdo?

El niño apoyó la espalda en el asiento y afirmó moviendo la cabeza, intimidado por el tono adquirido por el hombre.

-¿Cuántos años tienes?

-El mes que viene cumplo doce.

-¿No tienes padres?

-Tengo madre.

-¿A qué se dedica? ¿No trabaja?

Arrugó el entrecejo interpretando el silencio del pequeño, que se encogió de hombros, como una negativa a responder. Bebió otro sorbo de whisky mientras meditaba las opciones, no podía permitir que aquel pequeño anduviera prostituyéndose, por lo menos mientras él estuviera en Milán. Debía intentar averiguar qué había detrás de todo esto para poder actuar, después de otro sorbo que agotó el whisky se le ocurrió una idea.

-¿Cuanto sueles ganar?

-Hay días que más y días que menos, pero no lo hago todos los días, sólo cuando mi madre necesita dinero.

-¿Cuánto?- insistió David.

-¿Por qué quieres saberlo?

-Verás, voy a estar unos días aquí y quiero que pases las tardes conmigo. Quiero saber cuánto vale tu tiempo.

-Pues depende de lo que hagamos. Una mamada son...

David le mandó callar chistando al instante mientras cogía el vaso vacío con nerviosismo y se lo llevaba a la boca, después miró disimuladamente a ambos lados para asegurarse de que nadie había escuchado aquella barbaridad.

-Te has puesto rojo- sonrió el chico.

Tras comprobar que nadie les miraba, David dejó el vaso y se llevó el puño para taparse la boca, carraspeó aclarando la garganta, después se inclinó ligeramente hacia delante para ser más discreto.

-Escucha, quiero dejarte claro algo, yo no soy tu cliente, no quiero drogas ni- volvió a carraspear bajando aún más el tono de voz -sexo. ¿Lo has entendido?

-Sí.- respondió manteniendo la mueca burlona, después bebió un trago de refresco y recuperó la seriedad -Pero entonces, ¿qué quieres de mí?

-Como te estaba diciendo, he venido a pasar unos días aquí, estoy solo y no conozco la ciudad, por eso quiero que me acompañes.

-¿A dónde?

-No sé, lo que haya por aquí para hacer.

El niño se encogió de hombros antes de beber otro trago mientras observaba cómo la camarera servía los platos, después de que David pidiera otro whisky se retiró por fin.

-¿Todas las tardes?

-Sí, bueno, hasta que vuelva a casa.

-Vale- afirmó dejando el vaso en la mesa.

El pequeño cogió la gran hamburguesa y la miró con detenimiento, después del análisis visual le pegó un mordisco, saboreando lentamente la carne que tenía un gusto diferente a la que comía en los restaurantes de comida rápida.

-Está rica- dijo después de tragar.

-Aquí la comida es más cara pero es de calidad.

David cortó un trozo de filete y, mientras lo masticaba, sacó disimuladamente la cartera del bolsillo, manteniendo las manos bajo la mesa abrió el periódico que tenía al lado y colocó unos billetes dentro para después cerrarlo con cuidado.

-Sí, esto es calidad- repitió David observando un trozo de filete atravesado en su tenedor.

Comieron de forma automática como robots, disfrutando del hilo musical que se mezclaba con el tintineo de los cubiertos chocando ligeramente contra los platos del resto de clientes. El silencio duró un rato, David no sabía de qué hablar con aquel pequeño, la verdad es que no tenía hijos y no estaba acostumbrado a tratar con niños. En su vida siempre había estado rodeado de adultos, dedicado exclusivamente a su trabajo y al gimnasio, podía hablar de la Bolsa, de la fluctuación de los mercados, del precio del oro y el petróleo, pero eran temas poco apropiados para hablar con un niño.

-¿De dónde eres?

Su pregunta le hizo volver a la realidad, interrumpiendo sus pensamientos y enfocando su mirada perdida en el chico.

-De Madrid. ¿Sabes dónde está?

-Claro, eso está en España.

-Muy bien. ¿Se te da bien la geografía?

-No. Pero he visto por la tele partidos de la Champion, Madrid, Barsa, Valencia, Sevilla y Atleti- comenzó a enumerar acompañándose por los dedos.

-Para que luego digan que el fútbol no es cultura- sonrió David.

El pequeño alardeó del conocimiento de todos los equipos que había visto jugar y de los países a los que pertenecían. A David se le ocurrió la idea de dibujar un mapa de Europa en una servilleta para preguntarle la situación de los países que iba nombrando, el niño supo situar sin ningún problema los más conocidos: España, Francia, Inglaterra, Alemania, Portugal; pero tuvo más dificultades con otros menos populares futbolísticamente como Bulgaria o Rumanía, a pesar de que esos países estaban bastante cerca de Italia.

-Eres un chico inteligente- dijo David para finalizar el improvisado examen.

El niño sonrió orgulloso arqueando las cejas aunque hizo una mueca juntando los labios y se encogió humildemente de hombros para mostrar modestia.

-Y tú, ¿de dónde eres?, quiero decir que si vives por aquí cerca.

-Yo soy del Bronx- dijo con orgullo.

-Pero eso está en Nueva York.

-No, a mi barrio lo llaman así.

-Buen barrio debe de ser- exclamó David irónico.

-Sí. Vivo en Quarto Oggiaro, por allí no viene mucho la poli.

-Ya, en todas las ciudades hay barrios que acaban degradándose, en Madrid también hay barrios así. La droga es la principal causa, y después el abandono por parte de quien debe hacer cumplir las leyes. Seguro que en tu barrio hay gente que vende droga.

David comprendió el silencio del niño que se encogió nuevamente de hombros, después de mirar su plato vacío sonrió.

-¿Quieres otra?

-No, estoy lleno.

La camarera se acercó para retirar los platos. David siempre había pensado que estos restaurantes tenían algún dispositivo para detectar cuándo el cliente había terminado su plato porque enseguida tenías al camarero encima preguntando si deseabas algo más o por lo que ibas a tomar de postre.

-¿Qué quieres de postre?- preguntó al notar que la camarera esperaba.

-No sé.

-¿Te gusta el chocolate?

-Claro- afirmó el niño que pareció recuperar el apetito.

-Dos de mouse- ordenó David levantando el dedo índice y corazón.

-Enseguida- dijo la camarera antes de retirarse.

-Es increíble, todavía estaba masticando el último trozo y ya me estaba retirando el plato, un poco más y me quita el tenedor de la mano.- David comenzó a simular una lucha entre sus manos ante las risas del pequeño -Espere aún no he terminado, lo siento se ha terminado su tiempo.- dijo forzando la voz para imitar a la camarera - Joder con las prisas- exclamó finalmente alzando las manos.

David se puso serio al ver acercarse a la camarera con la bandeja.

-¿Lo ves?- susurró inclinándose -ya está aquí otra vez.

Mientras la camarera dejaba las copas de postre en la mesa, el niño la observaba sonriendo, al contrario que David, que mantenía su rostro serio, intentando aparentar normalidad.

-¿Todo bien?- preguntó incómoda por la mirada del pequeño.

-Sí, gracias.- respondió David alzando ligeramente las cejas. Esperó a que se retirara para volver a susurrar -Date prisa o no te dará tiempo a terminar el postre.

Mientras tomaba su mouse el niño le miraba fijamente, extrañado por la actitud de aquel hombre. David le guiñó un ojo y le acercó el periódico aún doblado.

-Abre por la página nueve, con cuidado.

El pequeño obedeció y abrió cuidadosamente para descubrir el dinero, después de contarlo se lo guardó en el bolsillo.

-Pienso que es más o menos lo que ganas en un día. ¿Trescientos euros te parecen bien?

-Sí. ¿Por qué me lo das así?

-Bueno, si la gente me ve dando tanto dinero a un niño, ya sabes. Yo no quiero que piensen eso de mí.

-¿Por qué la página nueve?

-No sé, hoy es nueve.

-¿Ya está?

-¿El qué?

-¿El dinero ya es mío?

David afirmó en silencio mientras el chico le miraba frunciendo el ceño, parecía no creerse que fuera tan fácil.

-Eres un tío raro- sentenció después de pensar un momento.

La camarera dejó sobre la mesa un pequeño plato metálico con un papel encima y se retiró. El niño se inclinó para comprobar el precio de la cena y levantó las cejas sorprendido, mucho más de lo que costaría comer en un Burger, aunque finalmente pensó que la comida era mucho mejor y merecía la pena pagarlo.

-Bueno- tras pagar la cuenta se levantó -quiero que me acompañes al hotel para que veas dónde me tienes que venir a buscar.

*

Se pararon frente al hotel. El pequeño, acostumbrado al hostal donde solía ir, se quedó boquiabierto admirando la lujosa fachada.

-¿Te gusta? Este es el hotel.

-¿Cuál es tu habitación?

-La suite cinco, en la última planta- David abrió los ojos al máximo y después miró al niño, había respondido sin pensar, de forma automática, al instante se arrepintió de haberle proporcionado esa información -pero no quiero que entres a buscarme, es mejor que esperes a que yo salga.

-Te da vergüenza, ¿verdad?

-No es por ti. Como te dije antes, es por lo que pueda pensar la gente. ¿Lo comprendes?

El niño afirmó con un gesto condescendiente mientras se sacaba el paquete de tabaco del bolsillo. Cuando se puso un cigarro en la boca y se acercó un mechero para encenderlo, David le agarró la mano.

-¿Se puede saber qué haces?

-¿Quieres uno?- preguntó ofreciéndole el paquete.

-Esto es malo para ti.- se sintió estúpido nada más decirlo, en la vida de ese pequeño había cosas peores. Hincó una rodilla en el suelo, suspiró y rompió el cigarro delante de su cara - Vamos a hacer un trato. A parte de tabaco, ¿tomas otras drogas?

-No, sólo tabaco- mintió, la verdad era que fumaba porros cuando iba con otros chicos más mayores aunque aún no había probado la cocaína y eso que ellos la tomaban y le ofrecían.

-El trato es el siguiente, durante estos días, por lo menos mientras estés conmigo, nada de drogas. ¿De acuerdo?

-¿Y tú qué?- preguntó ofendido el niño.

-¿Yo?

-Sí. Tú tomas whisky, el alcohol también es droga.

-Tienes razón, es una estupidez, la droga no es buena ni para niños ni para adultos- afirmó David -El trato es el siguiente, a partir de ahora ni tú ni yo tomaremos drogas, aunque no pueda verte debes cumplirlo.- dijo antes de ofrecerle la mano -Es un pacto de caballeros, si rompes tu palabra no eres un hombre de verdad.

-Vale- dijo el chico estrechando la mano, después estiró y enfrentó sus dedos índices juntándolos por las puntas -Ahora tú. Rompe el hilo.

Pasó su dedo índice entre los del niño mientras se acordaba de los pactos de su infancia, eran un poco más asquerosos, se escupían en la mano y la estrechaban, o se hacían un pequeño corte y juntaban la sangre. Después de volver de sus recuerdos sonrió y se incorporó orgulloso del pequeño.

-¿A qué hora quieres que te espere?- preguntó el niño después de entregarle el paquete de tabaco.

-Sobre las cinco está bien.- le hizo una caricia en el pelo y comenzó a caminar hacia la entrada -Ahora vete a casa o a jugar. Voy a ver si consigo dormir del tirón hasta mañana.

-David.

Se giró alegremente sorprendido porque era la primera vez en la tarde que había pronunciado su nombre.

-Me llamo Franccesco, mis amigos me llaman Ccesco.

-¿Cómo quieres que te llame yo?

-Franccesco.

-De acuerdo. Hasta mañana Franccesco.

-¿Sabes una cosa?- preguntó adquiriendo una mueca traviesa -Eres un tío muy raro.

Después de decir esto, sin esperar una respuesta, se giró y comenzó a correr, David se quedó inmóvil, sonriendo en silencio y observando la grácil carrera de aquel pequeño lleno de vida.

Tres

Todavía no se creía que hubiera sido tan fácil, al principio pensó que era algún truco y que acabaría en la cama del hotel, pero aquel tipo le había dado el dinero sin más y le había dejado marchar.

Aún era pronto así que decidió ir al cine, hacía ya un par de años desde la última vez que había entrado en uno. Miró la pantalla para ver la cartelera y no tardó en elegir la película. Por suerte era día laboral y no había mucha gente, así que en pocos minutos se encontraba en el pasillo de acceso a las salas, donde el olor a palomitas le hacía sentir que estaba en un lugar especial y le despertaba un repentino apetito.

-Compra ese- dijo un niño señalando el cártel donde se anunciaban los tamaños y precios de las palomitas.

-No, es demasiado grande- respondió su padre.

Ccesco arrugó el entrecejo pensativo, sin perder detalle de la escena.

-¿Qué te pongo?- preguntó la chica que atendía desde detrás del mostrador para llamar su atención.

-Sí, palomitas y Pepsi- Ccesco reaccionó, se le había ocurrido una idea -quiero el paquete más grande que tengas y el vaso también.

A su derecha un joven despachaba al niño que aún intentaba convencer a su padre de que cambiara el tamaño, pero no lo logró. Ccesco sacó un billete del bolsillo, mientras esperaba el cambio observaba su paquete de palomitas, la verdad es que era demasiado grande para él solo, tal vez tendría que tirar la mitad, pero lo importante era dar envidia a ese niño al que no conocía de nada, se sentía bien al demostrar su independencia. Sí, en éste momento él podía comprar lo que quería sin pedir permiso a nadie mientras aquel niño tenía que estar suplicando a su padre que aguantaba con paciencia e intentaba explicar razonadamente la inconveniencia de su petición.

Ccesco guardó el cambio y cruzó una mirada orgullosa con aquel niño que se quedó observándole con la envidia reflejada en los ojos.

Le encantaba el cine, se podía observar hasta el mínimo detalle de cualquier película, las peleas, la música, las expresiones faciales, todo adquiría una atmósfera mágica en aquella sala iluminada por la gran pantalla mientras los sonidos explotaban en el ambiente.

Cuando los créditos del final de película aparecieron la gente comenzó a levantarse para descender por las escaleras hacia la salida. Una voz llamó su atención, era aquel niño de las palomitas, hablaba y reía junto a su padre, no parecía enfadado ni afectado por la negativa a cumplir su capricho, de un salto se subió a su espalda y ambos descendieron mientras el niño le plantaba un beso en la mejilla.

Allí se quedó sentado Ccesco, ausente, con la sala ya vacía y las luces encendidas, con una sensación de vacío y amargura que le nublaban la vista humedecida por unos ojos con el llanto contenido.

-Chico.

Uno de los empleados subió las escaleras y le tocó el hombro para hacerle volver de sus pensamientos.

-Chico- repitió fingiendo una sonrisa -la película ha terminado, tienes que salir.

Ccesco agarró el paquete de palomitas, que aún estaba medio lleno, y se levantó para encararse con él.

-¿Quieres palomitas?¡¿Quieres palomitas?!- gritó con rabia mientras se secaba una lágrima -¡Pues toma palomitas!

Después de lanzarle el paquete a la cara comenzó a correr hacia la salida mientras el empleado se sacudía la ropa.

-¿Estás loco? ¡Qué coño te pasa!

*

Milán tenía fama de ser bonita, el centro financiero de Italia y la capital de la moda de Europa. Lo poco que había observado David en este extraño día era una ciudad bella, con exceso de automóviles y un ambiente cargado, con razón estaba situada entre las ciudades más contaminadas del mundo.

Se sentó frente a la ventana de la habitación para contemplar el paisaje urbano mientras estrenaba por fin aquel cuaderno. Escribió unas páginas, después miró a través del cristal y suspiró, releyendo lo escrito para buscar faltas de ortografía. Se quedó satisfecho porque había obedecido al psicólogo y además, como le había dicho, se sentía mejor después de haberlo hecho ya que había supuesto un desahogo.

Se levantó para dejar el diario en la cama y fue al baño para tomarse una pastilla que le había recetado el médico para conseguir conciliar el sueño. Bebió un trago y se tumbó en la

32

cama, no sabía, ni quería saber, lo que llevaban esas pastillas, pero funcionaban y si las recetaba un médico tenían que estar bien. Aún era pronto, apenas las ocho de la tarde, pero quería dormir hasta por la mañana para levantarse pronto y aprovechar el día.

Mientras pensaba en los planes del día siguiente y releía una vez más lo escrito, se quedó profundamente dormido.

*

La megafonía de la estación anunciaba la llegada del siguiente tren, el sonido distorsionado de los altavoces retumbaba por los andenes hasta que lograba escapar a través de las vías. Ccesco estaba sentado en un banco con la mirada perdida mientras los trenes iban y venían, mientras decenas de personas se cruzaban con él sin prestarle atención. Aún tenía esa sensación de amargura y de vacío que de vez en cuando se adueñaba de su mente y le recordaba su infelicidad.

-Ccesco.

Una voz familiar le llamó por su nombre entre ese mar de desconocidos, pero no le importó, continuó con su mirada fija en el infinito.

-Ccesco- la voz se hizo corpórea frente a él, era Paolo, un adolescente de dieciséis años curtido en peleas callejeras, de pelo castaño, ojos marrones y un aspecto peligroso que le otorgaban las numerosas cicatrices que le adornaban la cara, aunque siempre que hablaba con él mostraba una expresión amable porque se conocían de toda la vida, ambos habían crecido en el mismo barrio que parecía atraparles para siempre y del que no tenían muchas esperanzas de escapar -Ccesco, ¿estás bien?, ¿has llorado?

-¿Qué te crees que soy marica?- el pequeño volvió a la realidad esbozando una sonrisa de tipo duro, recuperando la coraza que le liberaba de cualquier sentimiento.

-Vente- invitó Musta, el adolescente delgado y larguirucho, de pelo negro rizado y rasgos arábigos que siempre acompañaba a Paolo en sus fechorías.

-Vamos.

Ccesco se levantó para acompañarles, le daba igual a dónde, lo único que quería en este momento era la compañía de alguien de confianza que le rescatara de su soledad.

Se dirigieron al centro comercial, Paolo robaba por encargo videojuegos y perfumes, alguna vez se había hecho con una cámara. Llevaba tiempo estudiando la forma de llevarse algún ordenador portátil ya que le dejaría más margen de beneficio, pero era complicado esconderlo bajo la ropa sin levantar sospechas. De vez en cuando tenía suerte y conseguía un trato con algún transportista que le proporcionaba información detallada acerca de su ruta para dejarse robar el camión y repartirse los beneficios.

Ccesco y Musta se colocaron a los extremos del pasillo de los juegos para vigilar disimuladamente, si veían algún movimiento extraño sólo tenían que toser para alertar a Paolo. Tenía ya mucha práctica por lo que era bastante rápido a la hora de quitar los sistemas de seguridad que se iban modernizando y complicando. Pero para Paolo no tenían complicación, cada vez que renovaban el sistema de alarma se pasaba días estudiándolo, observando el paso por las cajas, preguntando a los amigos más mayores, consultando en internet, hasta que sacaba la forma de vulnerarlo. Los sistemas de hace unos años eran muy sencillos, formados a base de pegatinas, estaban: la pegatina cuadrada que contenía un circuito y que bastaba con romper una de las esquinas, la pegatina fina y rectangular de pasta que bastaba con despegarla, la tira transparente que se camuflaba con el embalaje...;

Paolo echaba de menos aquellos años en los que era tan fácil robar discos y juegos, cuando se iniciaba en el mundillo de los rateros con ocho años mientras los demás niños iban a clase y jugaban. El sistema de alarma actual era sencillo pero mucho más aparatoso, consistente en encerrar el juego en una gran caja de pasta dura en cuyo extremo se encontraba el cierre de seguridad metálico. Había que tener la herramienta necesaria para la apertura y Paolo la tenía, era un pequeño imán industrial de gran potencia que estaba muy valorado entre los raterillos desde que implementaron este sistema, a él le había costado veinte euros, pero no era el precio lo peor sino la dificultad para obtenerlo.

Paolo estaba parado frente a la sección deportiva de los juegos, estudió disimuladamente los alrededores del pasillo, se fiaba de Musta porque tenía más experiencia pero Ccesco era aún pequeño y podía distraerse o cometer algún error. Antes le daba igual y era un poco más alocado porque era un niño y no pasaba nada si le pillaban, pero ahora era más mayor y parecía que las cosas se estaban poniendo feas en Italia para los pequeños delincuentes, sin embargo para los que movían grandes fortunas no había tanto castigo.

Paolo cogió un juego y le dio la vuelta como si fuera a leer la contraportada mientras se agachaba para colocarlo en el estante inferior, después se levantó para revisar de nuevo el entorno. Respiró hondo y se preparó para la acción, se agachó y con discreción y rapidez colocó el imán en el cierre que cedió al instante, y ágilmente sacó el juego para metérselo en los pantalones. Se levantó con otro juego en la mano y se dirigió a Musta para charlar animadamente con él, como si nada hubiera ocurrido. Ccesco se acercó a ambos sonriendo, Paolo dejó el juego con lentitud para que quedara constancia clara de que lo había repuesto.

De camino a la salida se pararon a ver ordenadores y televisiones, Paolo sabía que había que aparentar tranquilidad y no buscar el escape inmediato. Ccesco sonreía ante su descaro ya que incluso se permitía el lujo de hacer consultas a los vendedores acerca de las características y precios de los portátiles.

El pequeño se sintió más tranquilo al estar de nuevo en la calle mientras Paolo se levantaba la camiseta para mostrar el juego y alardear de la facilidad de obtener ingresos, menospreciando a los que madrugaban para ir a trabajar todos los días.

Cuando llegaron al barrio se fueron al descampado de la casa abandonada donde solían pasar las tardes en las que no había nada que hacer. Musta preparaba cuidadosamente un porro mientras Paolo y Ccesco ojeaban el juego, después de encenderlo se lo pasó a Paolo que se lo ofreció al niño.

-No, no quiero- rechazó Ccesco dispuesto a cumplir su trato con David.

-Vaya, ¿no me digas que te has vuelto un niño bueno?- se burló Musta.

-No, es que antes he fumado y me duele un poco la cabeza.- dijo antes de coger el juego y colocárselo a Paolo en frente de la cara -¿Por cuánto lo vas a vender?

-Veinte euros- dijo después de dar una calada profunda y echar el humo.

-Te lo compro.

-Es un encargo- sonrió pensando que el pequeño bromeaba.

-Te doy veinticinco- afirmó con convicción.

-¿De dónde vas a sacar tú ese dinero?

Se llevó la mano al bolsillo, sacó el dinero y separó los veinticinco euros mientras Paolo y Musta le miraban atónitos.

-Vaya con el pequeño Ccesco.- dijo Paolo con orgullo - Tiene sus propios negocios. Si hay sitio para los amigos avísanos.

Sonrió amargamente pensando que su negocio no le interesaría, lo mantenía en secreto para evitar burlas y rechazo, aunque Paolo era su amigo de toda la vida a esta edad el concepto de amistad era frágil y fácilmente quebradizo. Después de entregarle el dinero se despidió, y, ansioso por estrenarlo, se marchó a casa donde entregó a su madre ciento cincuenta euros para quedarse con el resto.

*

Cessco corría por aquella pradera aislada del mundo, sintiendo la hierba fresca en los pies descalzos, no se veía rastro de edificios ni civilización, solo montañas y valles. No sabía dónde estaba ni a dónde iba, pero corría. El cielo azul, despejado, y la brisa ligera de agradable olor que flotaba en el aire le hacían sentir que todo iba bien. El canto de unos pájaros llegaba a sus oídos pero sin saber de dónde procedía.

La brisa se convirtió repentinamente en una corriente cálida, abrasadora y putrefacta, un golpe tras otro de viento infernal que le empujaba por la espalda. Cuando se giró observó cómo el sol aumentaba de tamaño. En su superficie se dibujó una sonrisa malvada y unos ojos que llegó a reconocer antes de echar a correr con todas sus fuerzas.

La tarea fue inútil porque ahora tenía el sol delante. Por mucho que cambiaba de dirección aquella cara cegadora le esperaba de frente.

Ccesco se tiró al suelo cuando el sol creció tanto que se le echaba encima...

Se incorporó jadeante, mirando a su alrededor con nerviosismo. El fiel televisor seguía encendido irradiando una pequeña luz en la habitación oscura. Intentó calmarse respirando hondo mientras se limpiaba el sudor de la frente y el pecho con la sábana.

Por fin se situó, estaba en su cuarto, en su cama, el sonido del televisor ahogaba el silencio de la madrugada. Aquella explosión solar que le perseguía se había ido. Se tumbó lentamente y dio la vuelta a la almohada para poder apoyar la cabeza en la parte que no estaba empapada de sudor.

Todo va bien Ccesco.

Cuatro

David salió del hotel y buscó con la mirada, se alegró al verle allí sentado en un bordillo, se había cambiado los pantalones pero seguía llevando la misma camiseta del Milan, con sus pequeños rotos y alguna que otra mancha.

-Hola Franccesco- saludó mientras se sentaba a su lado a observar el ruidoso tráfico que fluía por la calle.

-Hola- respondió con una amplia sonrisa -No he entrado, te he esperado aquí como dijiste.

-Sí, ya veo, gracias.

El niño le miraba expectante, intentando adivinar qué era lo que quería hacer aquel tipo tan extraño esa tarde.

-Cuando te di el periódico ayer, ¿leíste la noticia?- preguntó para romper el hielo e iniciar una conversación.

-¿Qué noticia?

-Veo que eres del Milan, ¿Sabes que el Madrid se lleva a Kaká?- pensó en la suerte que suponía poder charlar de fútbol,

39

era un tema del que podía hablar con un niño sin ningún problema.

-Bueno,- dijo Ccesco encogiéndose de hombros para restarle importancia -el Milan no es sólo Kaká, además ya está mayor, mejor venderlo ahora para sacar dinero.

El pequeño hablaba como si no le importara pero su voz adquirió un tono de despecho ante algo doloroso e inevitable.

-Toma,- dijo ofreciéndole un periódico doblado -hoy siguen hablando de ello. Abre por la página nueve.

El niño lo estiró y pasó las páginas hasta llegar a la que contenía el dinero, cogió los billetes y se los metió con disimulo en el bolsillo, después ojeó las últimas noticias mientras David sonreía y se sacaba un papel.

-Esta mañana he dado un paseo- comenzó a decir mientras jugueteaba con el papel -y he visto una cosa. Creo que es tuya.

Ccesco cerró el periódico y cogió el papel que le entregó, lo desdobló para leerlo,

después esbozó una sonrisa traviesa mirándole a los ojos.

-He visto esa pintada en un par de paredes.

-Es mi firma- afirmó con orgullo.

David le hizo una caricia en la cabeza, reprimiendo el impulso de regañarle por una costumbre que no veía bien, estaba harto de pasear por Madrid y ver las fachadas estropeadas por vándalos con sus pintadas y dibujos de todo tipo, le parecía que degradaban la belleza de los edificios.

-Vamos- ordenó al tiempo que se levantaba -hay que buscar un taxi.

-¿Eres rico?- preguntó el chico mirándole con interés.

-¿Por qué dices eso?

-Me regalas dinero sin hacer nada, estás en un hotel de cinco estrellas y viajas en taxi.

-Si fuera rico no trabajaría, pero los negocios van bien.- dijo buscando con la mirada entre los coches -Y no te regalo el dinero, te pago para que me acompañes y me aguantes, es un trabajo duro- de repente levantó el brazo y se adelantó un par de pasos mientras llamaba a un taxi a gritos.

Ccesco se quedó observándole en silencio mientras abría la puerta.

-¡Eh! despierta.- exclamó David sujetando la puerta y señalando el interior con el otro brazo -¿En qué piensas?

-Eres muy raro- afirmó sonriente antes de entrar al coche.

El trayecto hacia la Plaza Duomo no fue muy largo porque el hotel también era bastante céntrico, después de pagar se bajaron.

-¿No es impresionante?- preguntó David mirando las numerosas torres que recorrían la fachada.

-Bueno- Ccesco se encogió de hombros.

-¿Bueno?, ¿Sabes que es la segunda catedral más grande de Europa?

-¿Cuál es la primera?- preguntó el niño con curiosidad.

-Pues la primera es la catedral de Sevilla.

-Sí ya- dijo sonriendo y en un tono insolente -dices eso porque es de España.

-No es cierto.- rió David -¿Has estado aquí más veces?

-Sí, unas cuantas.

-Claro, por eso no te impresiona, estás acostumbrado a verla. ¿Has subido alguna vez a la terraza de la catedral?

-No.

-Pues vamos.

Caminaron tranquilamente hasta la entrada mientras David intentaba transmitirle su entusiasmo.

-Empezó a construirse en mil trescientos ochenta y seis, y no se terminó del todo hasta mil ochocientos ochenta y siete.- hizo una pausa y miró al niño que permanecía con una expresión de indiferencia -Son quinientos años para un solo edificio. Su fachada la decoran más de tres mil estatuas.- continuó explicando -¿Sabes que aquí caben cuarenta mil personas?

-En el estadio del Milan caben muchos más.- afirmó con rotundidad.

-Sí, pero las ciudades de ahora tienen millones de habitantes. Hace un par de siglos no llegaban ni a medio millón así que imagínate el mérito de llenar la catedral.

Ccesco escuchaba con paciencia las explicaciones, aunque no le interesaban le parecía agradable que alguien se preocupara en enseñarle cosas. Cuando llegaron a la terraza se asomó para ver el panorama.

-¡Es genial!- exclamó corriendo hacia un extremo -Se ve toda la plaza.

-Bueno, por lo menos hay algo de la visita que te gusta- dijo David acercándose para ver la gran plaza desde las alturas -es impresionante.

Una gran estatua presidía el centro de la plaza cuyo suelo estaba adornado por un empedrado que dibujaba numerosos cuadrados y rectángulos, dentro de dos de ellos surgían las bocas de metro que bullían de gente, buscó con la mirada y vislumbró el gran arco que hacía de puerta a la gran galería comercial Vittolo Emanuele Segundo, la cúpula de vidrio que la cubría brillaba destacando entre los tejados de los edificios.

David le colocó la mano en el hombro mientras disfrutaba de la cálida brisa veraniega que se mezclaba con el monóxido que emanaba de los coches, pero Ccesco se sacudió instintivamente y se apartó un paso.

-Tengo hambre, ¿y tú?- dijo mientras pensaba que tal vez le había incomodado.

-Un poco- respondió el chico con timidez sin apartar la vista de la plaza.

-¿Qué te apetece merendar?

-Vamos ahí abajo.- señaló Ccesco recuperando la sonrisa - Aquí se hacen los mejores Panzerottis de Italia.

La galería comercial era una amplia calle con una cubierta transparente que dotaba de modernidad a aquellos edificios cargados de historia. Se sentaron en una terraza y, mientras Ccesco devoraba su Panzerotti, David estudiaba detenidamente aquella gran empanadilla cuyo relleno estaba formado por mozzarella y tomate junto con algún otro queso, tal vez parmesano.

-¿No te gusta?- preguntó Ccesco al verle dudar.

-Sí, claro.

-Entonces, ¿por qué no comes?

-Me gusta saber lo que como, sólo estaba viendo el relleno.

David saboreó con gusto la empanadilla mientras Ccesco se chupaba los dedos para limpiarse el tomate.

-Espera- sonrió David mientras cogía una servilleta y le limpiaba cuidadosamente las manos y la boca -te has llenado de tomate la cara, pareces un vampiro que acaba de morder un cuello. Ya está.

Después de soltar la servilleta sobre la mesa retomó el análisis de su empanadilla, estudiando su textura y su olor mientras masticaba lentamente para adivinar los ingredientes exactos del relleno. Ccesco se quedó mirándole con seriedad, sus ojos proyectaban una mezcla de tristeza y melancolía, estaba

43

confuso aún con las intenciones de aquel tipo que disfrutaba con cosas tan extrañas como mirar un edificio o pasear por una plaza.

Después de pagar continuaron su paseo por la galería comercial observando los escaparates, hasta llegar a la zona central donde se cruzaban las calles bajo una gran cúpula de cristal, allí había un grupillo de personas que se arremolinaba como si algo sucediera.

-¿Qué es lo que pasa?

-Le están pisando los cojones al toro- respondió Ccesco con naturalidad.

-¿Qué?- dijo soltando una carcajada ante la inusual respuesta del pequeño.

-Hay un toro dibujado en el suelo- comenzó a explicar Ccesco mientras ilustraba sus palabras con el cuerpo -le pisas con el talón del pie izquierdo y coges impulso, tienes que dar vueltas hacia la izquierda mientras pides un deseo, cuantas más vueltas des sin caerte mejor.

-¿Y pides un deseo?

-Sí.

-Vamos- dijo David sonriendo.

-Yo no, eso son tonterías.

-¿Qué?¿No me digas que no crees en la magia?. Eres muy pequeño para haber perdido la ilusión.

-Soy pequeño no gilipollas.

David se rascó la cabeza, desconcertado por la respuesta del niño.

-Pues yo soy mayor, y un poco gilipollas porque sigo creyendo en la magia. Espera aquí que yo voy a pisarle los cojones al toro- dijo mientras se alejaba.

Ccesco se sentó a observar mientras David esperaba el turno para pedir su deseo, pensaba en lo estúpidos que se veían todos aquellos adultos realizando aquel ritual inexplicable. Por fin David pudo colocar su pie sobre el toro, tomó impulso y a la segunda vuelta cayó al suelo. Rápidamente se levantó y se sacudió la ropa, después se dirigió a Ccesco que no paraba de reír.

-¿Qué tal lo he hecho?

-Bien- mintió el niño entre risas -¿qué has pedido?

-No te lo puedo decir, si lo hago no se cumplirá. ¿No tienes calor?

*

Sentados en un banco saboreaban tranquilamente un helado mientras veían pasar gente.

-Seguro que también piensas que los helados de España son los mejores- dijo el niño con ironía.

-¿Quieres que te diga la verdad?- preguntó antes de dar un lametón exagerado a la bola de chocolate -El helado de España es una mierda de vaca comparado con este.

-Qué guarro- sonrió el pequeño arrugando la nariz, fingiendo un gesto de desagrado.

-No todo lo que hay en mi país es bueno,- dijo David en un tono nostálgico -hay muchas cosas malas, demasiadas, y no parece que vaya a mejor en el futuro.

Durante unos segundos se hizo un incómodo silencio, la cara de David adquirió un gesto serio mientras vaciaba la mirada con los ojos puestos en algún escaparate de la galería.

-¿De verdad crees que los deseos se cumplen?- interrumpió Ccesco para cambiar de tema al detectar su tristeza.

-Pues claro- afirmó recuperando la sonrisa -pero también tienes que poner de tu parte.

-¿Qué quieres decir?

-Pues que no basta con pedir un deseo y ya está. Por ejemplo, imagínate que yo deseo que me toque la lotería pero nunca compro un boleto, ¿crees que habría alguna posibilidad de que me tocara?

El niño sonrió y negó en silencio moviendo la cabeza de un lado a otro.

-Franccesco,- dijo mirándole fijamente a los ojos -para que se cumplan nuestros sueños debemos luchar por ellos, no podemos quedarnos de brazos cruzados, sólo soñando.

El pequeño asintió mostrando su conformidad mientras David se limpiaba las manos.

-Bueno, hay que hacer algo de deporte para bajar todas estas calorías.

*

Recorrieron las calles buscando una tienda de deportes donde David pudo comprar un balón mientras Ccesco curioseaba entre las camisetas de fútbol.

-Me encanta entrar a estas tiendas- dijo acercándose al niño -huele genial, a ropa nueva.

David observó la camiseta de la selección italiana que Ccesco tenía en las manos.

-¿Qué tal?- preguntó el niño sujetando la percha a la altura del hombro para mostrarla -¿Cómo estoy mejor, de jugador del Milan o de selección?

-Te queda mejor el azul- respondió David sonriendo.

Ccesco colgó la camiseta en su sitio y le arrebató la pelota de las manos para botarlo.

-Da igual, yo voy a jugar en los dos cuando crezca- apretó el balón con las palmas de la mano para comprobar la presión -es bueno. ¿Vamos?

Pasearon un rato buscando un campo donde poder jugar mientras el calor se disipaba lentamente con la caída de la tarde.

-¿Cuál es tu jugador favorito?

-Paolo Maldini.

-¿Maldini?, ¿pero sigue jugando? ¿cuántos años tiene?-preguntó sorprendido David.

-Cuarenta y uno, se iba a retirar el año pasado pero ha aguantado un año más,- explicó el chico con orgullo -yo creo que podía seguir otro año, es el mejor defensa del mundo.

-Sí, estoy de acuerdo, además es uno de los más limpios que ha habido, pocas veces le han expulsado.

A David le alegró que aquel pequeño tuviera admiración por un jugador así, al contrario que otros que eran unos busca-broncas, Maldini era un caballero en el campo y un símbolo de lealtad ya que había desarrollado toda su carrera en el Milán sin caer en la tentación de cambiar de equipo en busca de un contrato millonario. Un jugador ejemplar porque, además de ser uno de los mejores defensas del mundo, realizaba sus funciones de la forma más limpia que podía, siempre respetando al rival, en Milan era venerado casi como lo hacían con Maradona en Argentina.

-Mira, vamos ahí- señaló Ccesco hacia unas porterías donde jugaban unas cuantas personas.

-Vale, a ver si de verdad sirves para jugar en el Milan.

Jugaron durante dos horas, hasta que la noche comenzó a oscurecer el ambiente, después cogieron un taxi hasta la puerta del hotel, aunque David insistió en acompañarle a casa el niño se negó.

-Bueno, quiero que tengas mucho cuidado, eres pequeño para andar solo de noche.

-Tranquilo, sé cuidarme.- Ccesco estiró los brazos ofreciendo el balón -Toma.

-Es un regalo,- sonrió David mostrando la palma de la mano para rechazarlo -si practicas todos los días podrás cumplir tu sueño. ¿Nos vemos mañana?

-Claro- afirmó con la cara iluminada por la alegría de poder quedarse con la pelota.

*

Giró la llave con despreocupación y empujó la puerta para entrar en casa, un aura de alcohol precedió a su madre que se acercó rápidamente al escuchar ruido.

-¿Se puede saber dónde estabas?

-Jugando al fútbol.- respondió Ccesco sin mirar a sus ojos desorbitados.

Cuando su madre mezclaba alcohol y cocaína era mejor no discutir por lo que agachó la cabeza y se dirigió a su habitación esquivándola con cuidado en el pasillo.

-Muy bonito- dijo agitando los brazos -¡yo aquí trabajando y tú perdiendo el tiempo por ahí! ¡podrías esforzarte un poco en traer dinero!

Ccesco aguantaba en silencio los gritos que le lanzaba desde la puerta, permaneció sentado en la cama deseando que pasara el mal momento mientras acariciaba su balón con la mirada perdida.

-¡Maricón desagradecido!

Después de aquel insulto el pequeño se enfadó así que decidió que el dinero ganado hoy se lo iba a quedar. Su madre le miraba aumentando su ira al comprobar que la ignoraba por lo que se lanzó para arrebatarle el balón de las manos.

-¡Es mío!- reaccionó el niño dando un salto de la cama y siguiéndola hasta la cocina -¡No!¡Es mío!

-Vas a aprender a perder el tiempo- murmuró mientras hundía un cuchillo hasta dejar el balón inservible.

Ccesco comenzó a llorar, la mirada se le nubló mientras recogía lo que quedaba del regalo de David. Carola miró a su hijo con una sonrisa de malvada satisfacción intentando mantener el equilibrio agarrándose a una silla con la mano derecha mientras se sujetaba la mandíbula, desbocada por la cocaína, con la izquierda.

-Ahí tienes futbolista- se burló.

-Yo voy a jugar en el Milan- sollozó el pequeño para evadirse de la realidad.

-Tú estás para traer dinero a casa.

Ccesco se levantó enrabietado, con la cara enrojecida y apretando los dientes.

-¡Ya no voy a traer más dinero para tu puta droga!

-¡Maldito desagradecido!- gritó antes de lanzarle una bofetada -¡Eres mío y harás lo que te diga!

Ccesco se tapó la cara para calmar el dolor mientras lloraba desconsolado, después salió corriendo hacia la calle con los gritos de Carola de fondo.

-¡Yo te he dado la vida, desagradecido!

Antes de decidir dónde ir estuvo corriendo y rompiendo algunos retrovisores y cristales de coches para descargar su furia. Ahora, más calmado, permanecía sentado en el bordillo junto al hotel de David, sabía que hasta que no se le pasara los efectos a su madre no podría volver, eso serían unas horas así que necesitaba buscar un sitio para dormir.

Solía ir a casa de Paolo cuando su madre se ponía así, su amigo le recibía sin dudar ni preguntar nada porque ya sabía lo que ocurría en su casa. Sin embargo, aunque apenas acababa de conocerle, se sentía bien junto a David y por eso buscaba refugio a su lado, ahora necesitaba más su compañía que la de Paolo.

Pasó un rato sentado, dudando, tenía miedo de que se enfadara por entrar al hotel a buscarle, estaba asustado por su reacción, tal vez se cabrearía tanto con él que no querría volver a verle. Ese pensamiento le hizo sentirse aún más solo y triste.

Lo tenía que intentar. Se asomó a través del cristal para estudiar el terreno, el vestíbulo del hotel era enorme, al fondo se situaba la recepción continuamente atendida por un joven trajeado.

Se sentó de nuevo, pensando en la forma de franquear la vigilancia y poder acceder sin problemas a la habitación de David. Por fin algo se le ocurrió cuando vio a dos hombres con chaqueta y corbata charlando junto a la puerta, tenían pinta de ser empresarios o algo parecido, el más gordo de los dos miró su reloj de oro y negó con la cabeza.

Ccesco se puso en pie, se sacó un pañuelo para limpiarse la cara lo mejor que pudo y se atusó el pelo para tener mejor aspecto, después de planchar la camiseta pasando las manos desde el pecho hacia abajo y sacudirse el polvo del pantalón, comenzó a correr al ver al hombre orondo despidiéndose del otro y dispuesto a entrar al hotel.

-Perdone- se disculpó cuando impactó contra la gran barriga -¿Usted también está en este hotel?- preguntó mientras entraban y le acompañaba hacia el ascensor -yo he venido con mi padre, somos de Nápoles.

Desde el mostrador el joven de recepción frunció el ceño al ver a aquel niño de aspecto descuidado que más parecía un ladronzuelo que un cliente, aunque no quiso acercarse al observar que iban hablando con naturalidad ya que tenían la norma de no incomodar al cliente. Parecía que todo estaba bien, aún así tecleó en su ordenador, no recordaba que en su turno se hubiera registrado ninguna familia con niños, después de comprobar el listado descubrió que en el hotel había alojados dos niños y una niña con sus respectivas familias, así que se calmó y retomó su rutina.

Dentro del ascensor el gordo le miraba extrañado por su aspecto, bastante descuidado para un hotel de cinco estrellas, después sonrió al ver el escudo del Milan desgastado.

-Un poco vieja la camiseta.

-No, lo que pasa es que me la pongo para jugar al fútbol y se estropea enseguida.

-¿Dónde está tu padre?

Ccesco miraba su abultada mano adornada con anillos de oro que comprimían los dedos como morcillas, mientras pensaba una respuesta coherente.

-Está en una reunión, siempre está ocupado así que yo me quedo en el parque jugando y después me voy al hotel- mintió forzando una sonrisa.

-¿Viaje de negocios?

-Sí, viajamos mucho.

-¿Y tu madre?

Por suerte el ascensor se paró para abrir sus puertas, el hombre salió olvidando la pregunta y perdiendo interés por la conversación.

-Bueno chico que os vaya bien- dijo sin dejar de caminar haciendo que la voz se perdiera en el aire.

Cuando las puertas se cerraron resopló aliviado, lo había conseguido, ya estaba dentro. Salió del ascensor y se quedó un instante observando el pasillo solitario, enmoquetado y silencioso, parecía el escenario de una película de terror, tenía la impresión que en cualquier momento doblaría la esquina un zombi para perseguirle, él apretaría el botón del ascensor y las puertas no se cerrarían. El zombi se acercaría arrastrando lentamente los pies, gimiendo y emitiendo sonidos guturales, y justo cuando llegara a la altura del ascensor, las puertas se cerrarían permitiendo ver en el último momento su cara demacrada que se le quedaría grabada en la retina.

El corazón se le aceleró ante las elucubraciones de su mente, con la imagen de zombis y vampiros que le asaltaron la cabeza, así que comenzó a caminar rápidamente en busca de la habitación de David, deseando abandonar el pasillo cuanto antes. Sintió alivio al encontrarse por fin frente a su puerta. Se sacó del bolsillo un trozo de radiografía y lo introdujo por la rendija al tiempo que agarraba el pomo con fuerza y empujaba con el hombro. La puerta cedió por fin, se guardó el trozo de plástico que siempre llevaba encima por si necesitaba forzar una entrada, y dio un paso al frente para cerrar a su espalda.

La habitación estaba iluminada tenuemente por la luz de la elegante lámpara que había junto a la cama, hizo un recorrido visual quedando impresionado por el tamaño de la suite que le pareció casi tan grande como el apartamento donde vivía con su madre. Avanzó un poco más, frente a la enorme cama donde estaba durmiendo David había una televisión plana y un sofá de tres plazas con una mesa de madera que tenía aspecto de ser muy cara. Caminó hacia el ventanal para observar los edificios, después volvió junto a la cama y se quedó mirándole, estaba profundamente dormido.

-David- susurró con miedo por su reacción -estoy aquí.

No hubo respuesta, David ni se inmutó. Arrugó el entrecejo cuando vio un cuaderno que reposaba abierto sobre su pecho y estiró el brazo para cogerlo con cuidado, al elevarlo una tarjeta blanca que había entre las páginas cayó al suelo, se agachó a recogerla y la estudió con detenimiento, tenía un logotipo, y el nombre y dirección de una empresa debajo del de David, seguramente era de donde trabajaba. El cuaderno tenía aspecto de ser nuevo, apenas había un par de páginas escritas y el resto estaban en blanco, leyó por encima sin mucho interés hasta que algo llamó su atención. En aquellas páginas escritas a mano aparecía su nombre, sin duda aquello era algún tipo de diario, por mucho que lo intentó no pudo entender casi nada porque estaba en español. Al principio se sintió frustrado pero después de pensar un instante se le ocurrió una idea.

Cogió un bolígrafo y se sentó en el sofá, arrancó unas hojas del mismo cuaderno y comenzó a copiar con cuidado todo lo que había allí escrito, después estudió de nuevo la tarjeta y copió también su contenido. Cuando hubo terminado cerró el cuaderno y lo puso en la mesilla que había junto a la cama.

Decidió no molestar a David así que abrió el armario para coger una sábana y se dirigió al sofá.

Se quitó la ropa hasta quedarse en calzoncillos, se tumbó y jugueteó con el mando cambiando una y otra vez de canal hasta que dio con uno en el que echaban una película pornográfica. Rápidamente bajó el volumen y miró hacia la cama, David seguía sin moverse, el grito de aquella rubia de enormes pechos siliconados no le había despertado.

Se tapó con la sábana y se bajó el calzoncillo, antes no lo hacía pero su necesidad de masturbarse había crecido desde hacía unos meses, tal vez desde que había empezado a hacer la calle, a veces se masturbaba más de una vez al día, todavía no llegaba a eyacular así que simplemente se tocaba durante un rato hasta que se cansaba y se quedaba dormido.

*

David abrió los ojos y bostezó con la vista clavada en el techo, esta vez la pastilla que le ayudaba a conciliar el sueño había sido rápida sin embargo ahí estaba de nuevo, despierto en mitad de la noche. Se sentó en el borde de la cama, le pitaban los oídos y se sentía débil, tenía una especie de calambres en las piernas. Se quedó pensativo hasta que al fin logró reunir fuerzas para levantarse y dirigirse al baño a orinar.

Cuando tiró de la cadena su mente estaba algo más despejada, se asomó a la habitación extrañado por un leve sonido que interrumpía el silencio nocturno, la luz azulada de la televisión parpadeaba iluminando suavemente el sofá, se rascó la cabeza antes de girarla hacia la cama para descubrir que también se había dejado encendida la luz de la lamparilla y además se había quedado dormido con la ropa puesta. Intentó recordar lo que había hecho antes de acostarse pero fue inútil, ni siquiera se acordaba de lo que había cenado.

Sonrió por su mala cabeza desmemoriada mientras caminaba hacia el sofá en busca del mando para apagar la televisión, pero se frenó en seco, sorprendido al ver la cara de Franccesco asomada entre los pliegues de la sábana. Se pasó la mano por el pelo y volvió a forzar la memoria, estaba seguro de que ayer había dejado al niño en la puerta y había subido a la habitación sin compañía. Después de darse por vencido, tiró con suavidad de la sábana para destaparle y lo levantó con cuidado para depositarlo en la cama antes de volver a taparle hasta los hombros. Gracias a la luz de la lamparilla descubrió en su cara un pequeño arañazo rodeado por una leve inflamación rosada, le acarició cariñosamente la frente mientras se preguntaba qué le había pasado.

Respiró hondo, ya hablarían por la mañana. Cogió el bote de pastillas del cajón y un vaso que había sobre la mesilla para llenarlo en el baño, después se sentó en el sofá, no debía tomar más pastillas hoy pero sentía que quería dormir y no pasar el resto de la noche dando vueltas. Cerró el bote para dejarlo sobre la mesa y se tumbó en el sofá después de apagar la molesta televisión.

Cinco

El parque estaba lleno de gente, la tarde invitaba al juego y los niños corrían felices mientras las madres charlaban.

Ccesco se balanceaba sonriente en el columpio impulsado por su madre que por fin le dedicaba una tarde entera.

Pero su sonrisa desapareció cuando vio que el limpio cielo azul era ocupado por unos nubarrones negros que asfixiaron la claridad. Las risas desaparecieron dando paso a un silencio ensordecedor que inundó el ambiente. No veía las caras de la gente, todas las personas del parque estaban inmóviles como estatuas, todos estaban de espaldas.

-¿Mamá?- dijo Ccesco asustado.

Cuando se giró pegó un salto del columpio por la impresión de ver sus brazos sangrando.

-¿Mamá?- retrocedió dos pasos expectante.

Carola estaba cabizbaja, el pelo revuelto le caía hacia delante ocultando su rostro, pero los brazos los mantenía estirados haciendo que la sangre resbalara por las muñecas y goteara por los dedos.

Alzó la cabeza súbitamente mostrando una sonrisa malvada que dejaba ver sus colmillos, le miraba con los ojos enrojecidos inyectados en sangre, las ojeras casi negras contrastaban con la cadavérica piel amarillenta.

Unas arrugas de expresión se formaron en la frente y alrededor de los ojos y nariz, producidas cuando abrió la boca al máximo como una fiera a punto de atacar a su presa.

Ccesco cayó de espaldas cuando su madre saltó para abalanzarse sobre él rugiendo como una leona desbocada.

Ccesco se incorporó sudando y jadeando, palpándose el cuello para comprobar si el ataque le había producido alguna herida sangrante. Cuando su mente se estabilizó observó hacia el frente, la ventana traía la luz clara del día, la oscuridad ya no estaba. Respiró hondo para tranquilizarse. El cuerpo le pedía que aliviara la tensión acumulada.

El pequeño se levantó y fue rápidamente al baño, mientras orinaba frunció el ceño, su mente funcionaba de nuevo con agilidad. Tiró de la cadena y se asomó a la habitación para confirmar que había dormido en la cama. Se acercó al sofá para observar a David, seguramente le cambió de sitio durante la noche, le observó detenidamente mientras se preguntaba por qué dormía con la ropa de calle puesta con lo incómodo que debía ser tumbarse sobre el cinturón. El bote de pastillas que reposaba en la mesa llamó su atención porque le resultaba familiar, lo cogió y lo estudió detenidamente para confirmar que eran las mismas que tomaba a menudo su madre.

De repente un golpe se escuchó en la puerta, del susto dejó caer el bote, desparramando unas cuantas pastillas que intentó recoger rápidamente mientras alguien golpeaba de nuevo la puerta.

-Servicio de habitaciones- dijo alguien desde el pasillo.

Ccesco cogió el bote sin terminar de recoger, dejando algunas pastillas por el suelo, y se escondió rápidamente en el armario, temía que fuera aquel tipo de la recepción que le hubiera descubierto y viniera a echarle o denunciarle por colarse en el hotel.

-¿Señor?- el hombre insistió golpeando más fuerte, le cabreaba cuando los clientes hacían esto, pedían el desayuno en la habitación a una hora y después se quedaban dormidos o se iban.

Tenía la obligación de llamar varias veces, por cortesía, no sería la primera vez que entrara en una habitación y viera alguna escena subida de tono. Golpeó una vez más la puerta y finalmente utilizó su llave para abrirla, si el cliente no estaba no era su problema, iba a dejar de todos modos el desayuno para que quedara constancia de que había cumplido con su trabajo.

Empujó el carrito hacia el interior y vio a David en el sofá, le lanzó una mirada despectiva al tiempo que negaba con la cabeza al descubrir las pastillas tiradas en el suelo. Acercó el carrito hacia una mesa de comedor que había junto al ventanal para dejar allí los vasos de café y zumo mientras pensaba en la estupidez de la gente con dinero. Aquel joven del servicio de habitaciones era de los que pensaba que el dinero daba la felicidad, no comprendía porque los que lo tenían eran infelices y se lanzaban a las drogas.

David se despertó sobresaltado ante la presencia del extraño y se sentó en el sofá sintiendo unos bultos en las plantas de los pies, se agachó para recoger las pastillas sin entender nada.

-Hola- dijo aclarándose la garganta.

-Hola- respondió el hombre girándose hacia él y estirándose la chaqueta –he llamado durante un rato, como nadie respondía he entrado a servir el desayuno.

-Sí claro, está bien.

Se incorporó y comenzó a recorrer la habitación como si estuviera perdido. Miró hacia la cama y después se asomó al baño para comprobar si estaba allí el pequeño.

-¿Busca algo señor?- preguntó el joven al observar la actitud extraña de aquel cliente que parecía desorientado, seguro que aún estaba bajo los efectos de alguna sustancia.

-¿No habrás visto...?- David frenó de inmediato la pregunta, si le interrogaba sobre un niño... no, en éstas circunstancias no tenía muy buena pinta.

-¿El qué señor?

-Nada, nada. Perdona es que aún estoy medio dormido.

No sabía si la presencia de Franccesco había sido un sueño o una alucinación fruto de las pastillas.

-¿Es de chocolate?- preguntó señalando hacia las tartas del carrito.

-Sí, también hay de fresa, croissants, napolitanas y tostadas- respondió el hombre mostrando varios platos.

-No, la tarta de chocolate está bien, ¿me pones dos trozos grandes?

-¿Dos trozos señor?

-Sí- respondió David frunciendo el ceño, ¿es que estaba sordo? –hoy me he levantado con hambre.

-Claro señor, no hay problema- sonrió el hombre mientras servía, una vez escuchó que la droga aumentaba la necesidad de azúcar así que aquel tipo necesitaba reponer fuerzas.

David cogió otro plato y otro cubierto del carrito y los dejó en la mesa ante la mirada extrañada del joven que ya había colocado uno, sin embargo guardó silencio ante la rara forma de comportarse de aquel cliente, se contuvo la curiosidad y empujó el carrito hacia la salida acompañado de David que se sintió aliviado cuando al fin se marchó porque tenía la impresión de que le miraba de una forma extraña.

-Franccesco- dijo mientras se arrodillaba para mirar bajo la cama.

-Uahaha- se escuchó una voz de gravedad fingida desde el interior del armario.

David sonrió mientras se incorporaba y se acercaba para abrir la puerta. Ccesco, que observaba a través de las rendijas que se dibujaban en el cuerpo de la puerta, cuando le tuvo cerca empujó para salir e intentar asustarle.

-¡Te pillé!- exclamó estirando el brazo en el que sujetaba el bote de pastillas –no has cumplido tu palabra.

-¿Qué?, no he vuelto a tomar alcohol.

-Pero estás tomando esto.

David cogió el bote y miró al niño.

-¿Así que has sido tú el que ha tirado las pastillas al suelo?

-Se me han caído. Pero no cambies de tema, estás tomando drogas.

David se sentó en el borde de la cama y abrió el cajón de la mesilla para coger el prospecto, después invitó al niño a sentarse a su lado palpando con la mano. Ccesco pegó un salto para aterrizar junto a él a la espera de una explicación.

-Esto es una medicina que me ha recetado el médico, la tomo para poder dormir.

-¿No es una droga?- preguntó confundido.

-No creo que los médicos receten droga. ¿Por qué dices eso?

-Bueno…- Ccesco dudó si debía contárselo, se sentía bien a su lado pero seguía siendo un desconocido.

-Si no quieres contestar cambiamos de tema.

-Es que mi madre está enganchada a las drogas, y eso- explicó señalando al bote –es algo que toma también.

-Ah.- David se quedó un poco impactado por su revelación, comenzó a sentir curiosidad por la vida de aquel pequeño infeliz. -¿Qué otras drogas toma?

El niño hizo una pausa y frunció el ceño hasta que por fin se arrancó.

-Coca, heroína, porros, speed,- respondió revirando los ojos para concentrarse mientras iba mostrando los dedos con cada nueva palabra –tabaco, alcohol, pastillas, ele ese de, no sé si hay más- dijo encogiéndose de hombros con resignación.

-Vaya.- le miró pensativo mientras abría el prospecto - ¿También toma estas pastillas?

El niño afirmó en silencio con la sensación de bienestar que le otorgaba el desahogo de la confesión.

-La verdad es que nunca me he parado a leer éstas cosas. Déjame ver. Contiene Triazolám… bla bla… No tomar si está embarazada o en periodo de lactancia –se llevó la mano a la barriga fingiendo preocupación mientras el niño se reía –creo que no estoy. El alcohol- continuó leyendo –puede aumentar su acción.

-Mi madre siempre las toma con whisky- interrumpió, recuperando la seriedad en el rostro –después se queda como si estuviera muerta.

-No tomar durante más de dos semanas, puede producir adicción.

-¿Cuánto tiempo las llevas tomando?

-No sé, un par de meses.

-Puede producir mareos, somnolencia prolongada, acidez, diarrea, resaca, hinchazón facial, reacción alérgica grave, debilidad, sequedad en la boca, necesidad de orinar, visión borrosa…aaah- David miró hacia el techo y comenzó a palpar la cara del niño simulando la voz de un zombi –dooonde estaaás.

Ccesco se rió mientras intentaba esquivar las manos.

-Bueno, a ver qué más, bla bla… espasmos musculares, dificultad para hablar, temblores, fiebre, dificultad para respirar, erupciones en la piel.

Finalmente arrugó el papel y lo metió en el bote, ya había leído suficiente, lo que se preguntaba ahora era porqué recetaban aquello.

-¿Es droga?- preguntó intrigado el niño.

-Todo lo que crea adicción y es perjudicial es droga.

David le entregó el bote y le levantó en el aire, comenzando a emitir soplidos y sonidos con los que intentaba imitar torpemente a un avión.

-No es droga- dijo entre los ruidos –es una bomba, hay que tirarla al mar antes de que explote.

Mientras le zarandeaba y transportaba por el aire de un lado a otro sin dejar de hacer los ruidos de motor lo mejor que sabía, Ccesco reía y estiraba los brazos imitando las alas del avión. David se acercó a la papelera inclinándose para que el niño arrojara el bote, después se dirigió de nuevo hacia la cama.

-Los motores fallan, hay que realizar un aterrizaje de emergencia.

Le arrojó en la cama y se sentó en el borde a descansar mientras el niño no paraba de reír. De un salto Ccesco se colocó frente a él apoyando las manos en sus hombros.

-La he tirado al mar- dijo sonriendo.

-Sí, has llegado antes de que explotara. Me has salvado la vida Franccesco- respondió colocando la mano en su cara.

El niño perdió la sonrisa en un instante mientras le miraba arrugando el entrecejo, por primera vez en mucho tiempo no se sintió sucio con la caricia de un adulto, no sintió la necesidad de retirarse ni de apartar la mano.

-David.

-Que.

-Me puedes llamar Ccesco si quieres- dijo antes de antes de abrazarle.

-Gracias- respondió mientras le hacía una caricia en el pelo, después carraspeó y le retiró suavemente, incomodado por la situación –bueno, vamos a desayunar.

Ccesco se puso el pantalón y se acercó a la mesa, estiró la mano y cogió el vaso de zumo para olerlo teatralmente.

-¿No será alcohol?- preguntó poniendo una expresión de solemnidad antes de dar un sorbo –Bien, es zumo.

David le sirvió el plato con el trozo de tarta mientras negaba con la cabeza y sonreía por su ocurrencia.

-Anda, siéntate y cuéntame qué haces aquí.

-Como mi madre estaba cabreada necesitaba un sitio donde dormir, pero en recepción no saben que venía aquí- se justificó para que no se enfadara con él.

-¿Ella te ha hecho esto?- preguntó mientras le pasaba el dedo por la mejilla.

-Sí.

-¿Te pega a menudo?

-No, no me pega. Cuando toma alcohol y cocaína se pone como loca, rompe cosas y grita, pero a mí no me pega.

-Ya- dijo sin llegar a creerse su respuesta. -¿Y cómo has entrado en la habitación?

-Con el resbalón.- el chico se puso en pie y comenzó a explicar mostrándole el trozo de radiografía —Coges un plástico que se pueda doblar sin romperse como este, lo metes por la rendija y tiras arriba y abajo del pomo de la puerta mientras empujas con el hombro.

-Vaya- David se llevó un trozo de tarta a la boca, sorprendido por lo fácil que era forzar puertas -¿Y abres cualquier puerta?

Ccesco se guardó el fragmento de radiografía y se sentó a la mesa deseando probar la tarta.

-Sí, casi todas menos las blindadas, pero si echas la llave no se puede. La gente no está acostumbrada a cerrar con llave cuando sale a la calle, simplemente tiran de la puerta y se van.

-Así que si giro la llave no se puede hacer el resbalón.

-No porque la cerradura se vuelve más dura que el plástico- dijo antes de morder un trozo de tarta.

-Interesante. ¿Por qué lo llaman resbalón?

-No sé. Un amigo mío dice que es porque el plástico resbala sobre la cerradura.

Ccesco guardó un rato de silencio, masticaba pensativo con la mirada en el cuaderno del que había arrancado unas hojas anoche.

-¿Qué es?- preguntó señalando hacia la mesilla con el tenedor.

David se giró para comprobar a qué se refería el niño.

-Es como un diario.

-¿Un diario?

-Sí, el psicólogo me dijo que me puede hacer sentir mejor escribir los pensamientos de cada día.

-¿Psicólogo?¿El médico de los locos?

-No, creo que te refieres al psiquiatra, pero tampoco.- dio un sorbo al café pensando la manera de explicarlo –Verás, hay veces que las personas tenemos problemas que nos superan, a los que no somos capaces de enfrentarnos solos, por eso necesitamos alguien que nos escuche o nos aconseje. Los psicólogos y psiquiatras son médicos que están acostumbrados a recibir a gente con diferentes problemas, por eso a veces es mejor acudir a ellos, cuando familiares o amigos, aunque te apoyen, no pueden ayudarte. Cuando lo ves todo negro y piensas que se acaba el mundo.

Ccesco escuchaba atentamente mientras saboreaba la tarta.

-¿Y qué escribes ahí?

-No sé, lo que se me ocurre- respondió encogiéndose de hombros.

-¿Puedo leerlo?

-No, es algo personal, no lo he escrito para que lo lea nadie, ni siquiera mi psicólogo.

Ccesco abrió los ojos sobresaltado cuando alguien llamó a la puerta, tras un segundo de incertidumbre dejó el tenedor y corrió a ocultarse bajo la cama. David se levantó y se llevó el índice a los labios para pedirle silencio cuando aún le asomaba la cara.

-Puede pasar- dijo en tono amable.

Cuando se abrió la puerta apareció de nuevo el joven del servicio de habitaciones.

-Tome, el coche está abajo, aparcado frente al hotel- informó haciéndole entrega de unas llaves.

-Gracias.

Se hizo un incómodo silencio mientras el hombre hacía un descarado recorrido visual por la habitación para comprobar que aquel cliente pastillero no había causado ningún destrozo.

-¿Todo a su gusto?- preguntó extrañado, deteniendo la vista en los dos platos de tarta con sus dos tenedores.

-Sí todo bien.- dijo mientras giraba la cabeza para descubrir qué era lo que le había llamado la atención –Es una manía que tengo- explicó adelantándose a la pregunta que le rondaba por la cabeza al joven y que aún no se había atrevido a lanzar –cada plato con su cubierto, aunque sea el mismo alimento, si voy a repetir tiene que ser con plato y cubierto nuevo.

-Por supuesto- sonrió el hombre –todos tenemos nuestras pequeñas manías. ¿Necesita algo más?

-No, muchas gracias.

Cuando el joven salió de la habitación David resopló aliviado, Ccesco salió de debajo de la cama y los dos se sentaron a la mesa para continuar con el desayuno.

-¿Estás seguro que no te han visto entrar?

-¿Por qué?

-No lo tengo muy claro, creo que ese tío sospecha algo. No me gusta cómo me mira.

-¿A qué te hace sentir mal cuando te miran así?

-Sí- respondió David pensativo –es como si te estuvieran despreciando, como si se creyeran mejores.

El niño afirmó mientras masticaba la tarta.

-Dime, ¿te han visto entrar?- insistió preocupado por esa posibilidad.

-Anoche me vio el de la recepción, pero no me paró ni me dijo nada porque entré en el hotel hablando con un cliente.

-¿Con quién?

-No sé, un gordo con traje que encontré en la puerta- el pequeño se rió mostrando los dientes manchados de chocolate – creo que el de la recepción se pensó que era su hijo.

David sonrió negando con la cabeza, pensando en lo astuto que era a pesar de su corta edad.

-¿Qué es lo que te ha dado el tío ese?

-Las llaves de un coche.

-¿Te has comprado un coche?

-No,- rió David mostrándole las llaves –es de alquiler.

-¿Para qué has alquilado un coche, te has cansado de los taxis?

-Como hoy estás aquí tan pronto vamos a aprovechar el día. Nos vamos a la playa.

-En Milán no hay playa- afirmó Ccesco extrañado.

-Ya lo sé, vamos a Génova.

-¿Génova? Está lejos ¿no?

-No tanto, en coche tardamos una hora y media más o menos.

-Genial- dijo el niño con ilusión antes de tomar otro trozo de tarta.

*

Ccesco se apeó en la primera planta para bajar por las escaleras hasta el vestíbulo.

David había trazado un plan para que el niño pasara desapercibido y pudiera salir del hotel sin llamar la atención, se acercó al mostrador observando con disimulo las escaleras mientras el pequeño asomaba con cuidado la cabeza a la espera de una señal. Por suerte aún era temprano y no había movimiento en el vestíbulo.

-Hola, ¿puedo ayudarle?- dijo amablemente una mujer desde el mostrador.

David no pudo reaccionar, se quedó embobado con la bella cara de la joven, buceando en sus ojos verdes.

-¿Señor?- insistió la mujer, acostumbrada a este tipo de reacción ya que muchos hombres se sentían intimidados y se ponían nerviosos ante su belleza.

-Sí claro- dijo David aclarándose la garganta -¿tu no estabas ayer?

-Sí señor, ayer trabajé.

-Vaya, pues no te vi, nunca olvidaría esa cara.

La pálida piel de la joven se sonrojó por un instante mientras David miraba fijamente su lacia melena negra.

-¿Cómo te llamas?

-Angélica.

-Yo soy David. ¿Vienes mucho por aquí?- preguntó en un tono gracioso mientras se apoyaba en el mostrador.

Ccesco se impacientaba hasta que comprendió la situación cuando vio a David ligeramente enrojecido, sonriendo como un tonto. Entornó los ojos y respiró hondo, no podía creerse que se pusiera a coquetear mientras él estaba esperando aún la señal. Cuando David desvió la mirada involuntariamente hacia él aprovechó para meterle prisa haciendo un gesto con el brazo.

David reaccionó por fin y se aclaró de nuevo la garganta.

-Bueno, verás, es que pedí que me trajeran el periódico a la habitación y parece que lo han olvidado.

-No, es que aún no los han repartido por las habitaciones, ha madrugado mucho.

-No me hables de usted que no soy un viejo.

-Lo siento, es la costumbre. Voy por uno.

Angélica se introdujo a un despacho, momento que aprovechó David para hacer un gesto con la cabeza al niño que corrió hacia la salida.

-Vamos ligón- se burló Ccesco sin detenerse.

David le chistó nervioso y después de comprobar que ya estaba fuera se apoyó de nuevo en el mostrador.

-¿Me has dicho algo David?- preguntó Angélica saliendo del despacho.

-¿Qué?, yo no he dicho nada.

-Me había parecido oír algo.

-No, qué va.

David dobló el periódico y, después de echar un último vistazo a sus ojos verdes, salió a la calle.

-¿Cuál es?- preguntó Ccesco que esperaba apoyado en la pared.

-Toma, ahí viene escrita la matrícula.

Le entregó la llave y se paró a rebuscarse en el bolsillo mientras el niño corría hacia un coche negro.

-¡Es éste!- indicó antes de introducirse por la puerta del copiloto.

David se sentó en el asiento del conductor acomodándolo a su manera y fijando el retrovisor, después miró a Ccesco que le mostraba su pícara sonrisa en silencio.

-¿Qué?

-Te gusta la del hotel- dijo en tono burlón, levantado la mano con la llave.

-No.

-¿Te vas a casar con ella?

-Anda, deja de decir tonterías.

David le entregó en periódico doblado y le arrebató la llave de la mano.

-No hace falta que te pongas colorado- se burló mientras abría el periódico para guardar el dinero. –Aquí dice que el Madrid va a fichar a Cristiano por noventa y seis millones. Está casi hecho.

-¿Qué?- David giró la llave para arrancar el motor y se inclinó para observar la noticia –Vaya, al final lo ha conseguido el Florentino. Este año va a dar gusto ver al Madrid.

-¿Cuánto va a cobrar?

-¿No lo pone ahí?- dijo mientras miraba por el retrovisor e iniciaba la marcha.

-No.

-Pues no sé, creo que Raúl cobra seis millones o así.

-¿Sabes una cosa? Cuando yo juegue en el Milan no me voy a ir a ningún otro equipo, voy a hacer como Maldini.

-¿Aunque venga el Florentino y te doble el sueldo?

-El Milan es el Milan.

-Si ya, eso quisiera verlo.

David encendió la radio y metió un cd mientras el niño observaba a través del cristal cómo iban dejando atrás los edificios. Ccesco le miró al escuchar la música.

-¿Qué música es?

-Un poco de todo.

-Es aburrida ¿no?- señaló el niño después de escuchar los primeros acordes.

-No, es una canción bonita, lo que pasa que es tranquila porque es algo triste.

Ccesco apretó la palanca situada a la izquierda del asiento para recostarlo.

-¿Y qué dice?- preguntó mientras se acomodaba.

-Todo lo que hacemos se pulveriza en el suelo, aunque nos neguemos a ver, polvo en el viento, sólo somos polvo en el viento.- tradujo David –Creo que la canción habla de lo poco que duran las cosas que hay en la vida.

-Ah, cuando entiendes lo que dice es mejor.

-Es bueno saber idiomas.

-Yo no necesito saber idiomas- afirmó el niño con rotundidad.

-¿Porqué?

-Nunca voy a salir de Milán.

David le miró condescendientemente, aquella respuesta parecía una decisión personal, pero realmente era una imposición del destino a un niño al que le habían arrebatado el futuro nada más nacer.

*

David estaba aparcando el coche cuando Ccesco se incorporó desperezándose mientras estiraba los brazos.

-¿Ya hemos llegado?- preguntó aún somnoliento.

-Sí. Parece que estabas cansado.

David inspiró profundamente al salir del vehículo para sentir la brisa marina.

-Me encanta el olor del mar.- suspiró y apoyó la mano sobre el hombro del niño –A partir de ahora iremos caminando, esta ciudad no está hecha para los coches.

Génova le pareció una ciudad sobrecargada urbanísticamente, no había un espacio libre donde poder hacer nuevas construcciones. Encerrada entre los Apeninos y el mar, se había desarrollado a lo largo de la costa, creando el puerto más importante de Italia. Había un gran contraste entre el centro histórico, lleno de callejuelas y callejones, y las calles comerciales llenas de tiendas, más modernas y bulliciosas. Las limitaciones de espacio hacían mala la idea de comprarse un coche, por eso la ciudad estaba llena de "motorinos", lo que la convertía en la ciudad con más motos de Europa.

A los dos les encantó la visita al acuario, el segundo más grande de Europa según rezaba la propaganda. Lo que más le gustó al niño era poder pasear entre los peces por el pasillo acristalado situado bajo el agua. A la hora de comer buscaron un buen restaurante donde probar la Focaccia, un pan aderezado con varios ingredientes, y que tenía fama de ser la mejor de Italia. A David le pareció similar a una pizza pero más sabrosa.

La tarde, después de un chapuzón en el mar, la pasaron jugando al fútbol con otros niños que habían conocido en la playa. Después de saborear el maravilloso helado se sentaron a observar el mar.

Ccesco nunca había salido de Milán, sólo había visto el mar en la televisión, estar allí sentado le hacía sentir extraño, como si fuera otra persona, sin problemas, sin tristeza, no había ruido ni gritos, se sentía en paz. Permaneció tan quieto que pareció fundirse con las rocas del rompeolas.

-David,- dijo con la mirada fija en el horizonte –gracias por traerme.

David sonrió y le hizo una caricia en el pelo, después continuó disfrutando del paisaje en silencio.

Ya había comenzado a oscurecer cuando iniciaron la vuelta a Milán, un trayecto en silencio, para Ccesco había sido una experiencia impactante y no tenía muchas ganas de conversar así que recostó el asiento y se dedicó a escuchar la música tranquila que David puso en la radio.

*

-Bueno, ya hemos vuelto.- anunció tras aparcar junto al hotel –Ccesco, ¿te encuentras bien?

El niño permaneció inmóvil y pensativo durante un instante, con la mirada clavada en el cristal. Se metió la mano en el bolsillo y apretó la palanca para que el asiento recuperara la posición inicial.

-Toma- dijo alargando el brazo.

David observó los billetes entre minúsculos dedos del niño.

-¿Qué haces?

-Eres mi amigo, no me tienes que pagar, yo quiero estar contigo.

David le envolvió la pequeña mano con las suyas y negó con la cabeza.

-No se te ocurra romper un trato con un hombre de negocios porque puedo demandarte- dijo fingiendo una voz seria pero graciosa.

Ccesco sonrió.

-Escucha- continuó recuperando su tono habitual –para mí el dinero no es un problema, si no pudiera dártelo no lo haría, y tú lo necesitas, no quiero que hagas eso que haces. ¿Entiendes?

El niño asintió y se guardó los billetes en el bolsillo mientras David retiraba las llaves del contacto.

-Mañana nos vemos ¿no?

-Sí- respondió el niño cuando salió del coche.

Ccesco se acercó a David y le dio un abrazo, después se despidió y se marchó corriendo.

-¿Es tu hijo?- preguntó una voz femenina desde su espalda.

David, que se había quedado inmóvil observando cómo desaparecía Ccesco al final de la calle, se giró ante la cálida y familiar voz.

-¿Todavía estás aquí?, ¿cuántas horas trabajas?

-Hoy he tenido que alargar el turno porque un compañero se ha puesto enfermo.- explicó Angélica mientras se acercaba hasta su posición. -¿Quién es?- preguntó señalando hacia donde se había marchado el chico.

-Es un poco extraño y complicado.

-Pues invítame a un café y me lo explicas- sonrió insinuante.

*

Ccesco giró la llave y empujó la puerta, en la casa se había establecido un silencio poco habitual ya que la vivienda era testigo continuo del trasiego de clientes y de las escandalosas borracheras de su madre. Caminó hasta la habitación materna y vio que dormitaba medio desnuda, observó su escuálido brazo izquierdo que colgaba fuera de la cama, lo agarró entre sus manos mirando las cicatrices y heridas que habían dibujado las agujas con el tiempo, y después lo acomodó sobre el colchón, dentro de los límites de la cama. Estudió su torso pálido, delgado, frágil y debilitado por las drogas, estiró la sábana hasta el cuello para cubrirlo y protegerlo del fresco de la noche. La besó en la frente con cariño y rebuscó en el bolsillo para sacar los billetes que recontó dubitativo, pensó durante unos segundos y separó dos billetes de cincuenta que dejó sobre la mesilla. Se sentía culpable y pensó que si le daba menos dinero iría reduciendo poco a poco el consumo.

Después de besarle nuevamente la frente se marchó a su habitación. Al entrar se quedó mirando un gran póster de Maldini que colgaba en la pared sobre su cama. Se quitó la camiseta y besó el escudo cosido en el pecho antes de doblarla con cuidado y dejarla en una silla deteriorada que tenía junto al cabecero a modo de mesilla.

Rebuscó su pequeña caja entre la ropa desordenada, un portalápices metálico de Spiderman donde guardaba el dinero que iba ahorrando, abrió la tapa y juntó los billetes del bolsillo con el fajo que tenía allí y que, gracias a David, se había incrementado considerablemente. Después de tapar la caja la envolvió con cuidado en una camiseta y la depositó de nuevo entre la maraña de ropa. Antes de cerrar el destartalado armario cogió el pantalón que se iba a poner al día siguiente para doblarlo y dejarlo sobre la camiseta rojinegra de la silla.

Respiró hondo y se quitó el pantalón para introducirse entre las sábanas, aquella noche, por primera vez en días, se rompió su ritual de masturbación nocturna, en su mente sólo había imágenes y sonidos de serenidad, las callejuelas de Génova, el acuario, la música de David, la Focaccia, y el azul del mar con su arrullo relajante. Aquella noche, por primera vez en muchos días, se durmió sin pensar en su vida.

*

David dio un sorbo al café amargo y la miró a los ojos frunciendo el ceño.

-¿Crees que hago mal?

Angélica se encogió de hombros antes de contestar.

-Es tan complicado- suspiró.

-Te lo dije.

David le había explicado todo, desde el momento en que le conoció, ofreciendo sus servicios, hasta la tarde que habían pasado hoy. Incluso le reconoció, con un poco de vergüenza, lo incómodo que se llegaba a sentir cuando Ccesco le abrazaba con cariño, ¿a quién podría incomodarle el abrazo sincero de un niño?, por suerte Angélica lo comprendió dadas las circunstancias, además David tampoco estaba acostumbrado, no tenía hijos ni sobrinos, su mundo era como un mar lleno de tiburones de finanzas en busca de carnaza, dinero. Su vida era la búsqueda incesante, todo giraba en torno al dinero, sin embargo Angélica le hizo ver que la vida de Ccesco no era muy diferente. Era maravilloso poder explicar a alguien lo que sucedía, empezaba a sentirse sucio por tanto esconderse, como si estuviera haciendo con ese niño lo que la depravada mente de la sociedad llegaría a pensar si le descubrieran en la habitación del hotel.

-Lo que estás haciendo por él es maravilloso- dijo por fin Angélica –y terrible.

La miró fijamente a los ojos, en silencio, ahora sí que estaba totalmente confundido.

-Le estás apartando de su vida, envolviéndole en una nube artificial, pero, ¿qué pasará cuando te vayas y le dejes de vuelta a su vertedero?. La caída va a ser muy dura.

-¿Qué hubieras hecho tú, dejarle en aquella calle? No hubiera podido dormir tranquilo, la conciencia me habría matado.

-No digo eso- explicó Angélica –lo que quiero decir es ¿te vas a ir sin más? ¿tu conciencia se va a quedar en Milán o te va a acompañar a España?

David sonrió amargamente.

-Aquí en Italia también hay servicios sociales, plantéale alguna esperanza.

-¿Quién soy yo para meterme en su vida?

-Ya lo has hecho.

David suspiró profundamente antes de dar un sorbo al café.

-No sé qué hacer ni dónde acudir.

-Lo primero es que hables con él y le convenzas de que hay otras formas de vivir. Yo te puedo dar algunas direcciones, de eso no te preocupes.

-Gracias- dijo apoyando la palma de su mano sobre la mano de Angélica.

Seis

Ccesco se estiró en la cama, se frotó la cara y se levantó de un salto. Cogió un calzoncillo de un cajón y la ropa de la silla, se dio una ducha rápida y se vistió. Antes de ponerse la camiseta del Milan, como era su costumbre, besó el escudo. Se miró al espejo y estiró la tela del cuello para olerla, llevaba varios días con ella y no quería que le tomaran por un guarro por oler mal. No, parecía que aguantaba, por si acaso cogió un poco de colonia de un frasco de Dolce y Gabbana que había robado la semana pasada y se mojó las manos para pasarlas por la camiseta e impregnar así el olor en el tejido. Después de echar el pantalón y el calzoncillo del día anterior en el montón de ropa sucia que aumentaba día a día junto a la lavadora, se dirigió a su cuarto para coger dinero y los papeles donde había copiado el contenido del diario de David, estaba impaciente, sentía curiosidad por saber lo que había escrito sobre él, y, aunque estaba en español, iba a averiguarlo aquella mañana.

Caminó hasta una pequeña tienda de informática que había cerca de su barrio y que tenía fama de proveer de todo, y si no estaba en la tienda en ese momento, el dueño te lo traía en unas horas.

Se paró unos segundos mientras miraba con miedo a través del escaparate, allí detrás del mostrador estaba el dueño de la tienda concentrado en una libreta sobre la que escribía una y otra vez con el lápiz mientras tecleaba con la otra mano una calculadora. Ccesco había acompañado alguna vez a Paolo y otros chicos a insultar a aquel tipo y a tirar huevos en la fachada, no había ningún motivo concreto, simplemente aburrimiento y tal vez el carácter del hombre, fácilmente irascible ya que parecía que no le gustaban mucho los niños, cuando alguno se paraba a jugar en frente de la tienda salía con una escoba y la cara se le enrojecía como un tomate mientras las venas de las sienes se hinchaban como serpientes que le recorrían la cabeza. Paolo decía que se había quedado calvo de los calentones, que había quemado las raíces del pelo, y que un día le iba a estallar una vena en el cerebro y se iba a quedar en el sitio.

Sí, como conocían sus reacciones le martirizaban, venían a echarse unas risas, abrían la puerta de la tienda y le gritaban "sal quemao", le llamaban el Quemao porque cuando se le enrojecía la cara y se le hinchaban las venas, parecía que echaba humo de la cabeza. Pero nadie tenía el valor de acercarse a menos de cinco metros, aunque era un hombre cincuentón, era corpulento, de casi dos metros, nadie quería quedar a su alcance porque aquel tipo les destrozaría de un golpe.

Ccesco miró una vez más a través del escaparate, respiró hondo con la esperanza de que aquel tipo no se acordara de él, y por fin se decidió a abrir la puerta. La campanilla de la entrada anunció la llegada de un cliente por lo que el dueño de la tienda abandonó la escritura y alzó la vista, la cara se le empezó a enrojecer.

-¡Tú!, ¿otra vez por aquí?

-¡Espere señor yo...!- exclamó estirando los brazos pero no tuvo tiempo a decir más.

Aquella mole sudorosa se le había echado encima y le empujaba hacia la salida mientras le tiraba de la oreja.

-¡Vamos a ver dónde están tus amiguitos!

-¡Ay!¡Me haces daño!- Ccesco se llevó la mano al bolsillo y rápidamente le enseñó los billetes -¡Tengo dinero señor!¡quiero comprar!

El tipo aflojó la mano que tiraba de la oreja, pero sin soltarla, y se asomó a través del escaparate en busca de sus cómplices, pensando que era algún truco.

-¿Dónde están los demás?

-¡Ay!, ¿de quién habla?

-No te hagas el tonto,- dijo el hombre soltando la oreja —ya sabes de quien te hablo, te veo siempre con ese grupito.

-No señor- se acariciaba la oreja dolorida mirando con cara de pena al hombre que parecía empezar a dudar.

-Sí, no creas que no te recuerdo, siempre llevas la mierda de camiseta esa- exclamó señalando hacia el escudo del pecho.

-¿Cómo?

-Sí, ¿no te da vergüenza ser de ese equipo?

-¿De qué equipo eres tú?

-Del Inter claro.

Ccesco frunció el ceño y escupió al suelo ofendido, después se dirigió airado hacia la puerta.

-Espera- dijo el hombre sonriendo por su arrebato.

-¿Y a ti, no te da vergüenza ser del Inter?- preguntó desafiante mientras abría la puerta.

-No te enfades que te tomaba el pelo, el Milan es un buen equipo, aunque el Inter es mejor.

-Con el Milan no te metas ni en broma- advirtió mientras comprobaba que la expresión facial del dueño de la tienda se había suavizado perdiendo algunas arrugas de la frente.

El Quemao le hizo un gesto con el brazo invitándole a pasar.

-Ven aquí anda.

Ccesco se acercó manteniendo su gesto de enfado, nadie se metía con su equipo, por muy grande que fuera.

-¿Cómo te llamas?- preguntó el tipo sentándose tras el mostrador.

-Franccesco. ¿Y tú?

El hombre guardó silencio un segundo y le miró fijamente.

-El Quemao- sonrió mostrando sus colmillos de oro.

Ccesco tragó saliva abriendo los ojos al máximo.

-¿No es así como me llamáis?

-No señor- contestó protegiendo sus orejas con las manos para evitar que le volviera a estirar.

-Tranquilo- rió —me llamo Salvattore.

Ccesco vio que el tipo sonreía así que se tranquilizó y apartó las manos.

-¿Franccesco?, Franccesco...- el Quemao perdió la sonrisa cuando pareció recordar -¿Ccesco?. Sí, he escuchado que tus amigos te llamaban así, ¿tú eres el que va pintando las paredes?

-No señor- respondió con temor mientras se cubría de nuevo las orejas.

-Como algún día vea una pintada tuya en mi fachada te voy a ir a buscar, sé por dónde vivís todos.- el Quemao se levantó y sacó una pistola para enseñársela -¿Ha quedado claro?

El niño afirmó en silencio, tenía ganas de salir de allí porque aquel tipo estaba aún más loco de lo que parecía. El Quemao guardó la pistola con tranquilidad y se sentó de nuevo.

-Ahora sé quién eres.

El pequeño tenía un nudo en la garganta, no sabía qué decir, estaba paralizado.

-¿Sabes por qué no he ido a buscaros aún?

-No señor.

-Porque lo que hacéis son tonterías, yo también he sido niño y he hecho travesuras aunque nosotros éramos más respetuosos con los adultos. Pero todavía no habéis cruzado la línea. ¿Entiendes?

-No señor.

-Hay una línea que marca el límite entre lo que es una broma y lo que deja de serlo. El día que la crucéis estaréis perdidos.- Salvattore sacó una botella de agua del mostrador y le dio un trago -¿Tú eres un poco tonto no?

-No señor.

-¿A quién se le ocurre ir pintando las paredes con su nombre? A menos que quieras que se sepa que eres tú el que lo hace, ¿te crees que la ciudad es tuya o qué?

-No señor.

-Bueno, me has dicho que querías comprar ¿no?

-Sí señor- con la tensión del momento a Ccesco casi se le había olvidado por qué estaba allí.

-¿Qué estás buscando?

-Quería saber si hay alguna máquina que traduzca palabras al italiano.

-Claro chico, una traductora.

Salvattore se acercó a rebuscar a un estante de donde cogió una caja que depositó sobre el mostrador en frente del niño.

-Esta es la más barata y es la más básica- explicó mientras el pequeño la examinaba –traduce del inglés al italiano y viceversa.

-No- dijo Ccesco dejando la caja –necesito traducir del español.

-¿Español?

Salvattore dudó un instante hasta que por fin pareció recordar y se levantó a por otra caja.

-A ver, sí, aquí está. Esta traduce palabras de seis idiomas: español, italiano, inglés, francés, portugués y alemán.

Ccesco examinó detenidamente la nueva caja y negó con la cabeza.

-Está bien, lo que pasa es que voy a tener que meter palabra por palabra, eso es un coñazo.

-Tú quieres meter frases enteras ¿no?, mmm, creo que tengo en el almacén. Acompáñame.

-Te espero aquí.

-No, no me fío de tí.

Salvattore pensó que era un peligro dejar solo a aquel raterillo junto a la caja del dinero así que le hizo seguirle hasta el almacén. Ccesco iba trazando mentalmente un plan de huída por si las cosas se ponían feas con el loco de la pistola. Aquel lúgubre cuarto que olía a humedad estaba iluminado por dos bombillas desnudas que pendían en el aire conectadas de forma descuidada a unos cables pelados.

-Siéntate ahí- ordenó señalando una gran caja –y no toques nada.

Mientras el hombre rebuscaba entre las cajas murmurando, Ccesco permanecía inmóvil y con la espalda recta para no hacerle enfadar.

-Sí, aquí está- exclamó por fin.

Salvattore alargó el brazo para entregarle una caja, después se sentó frente a él.

-Esa traduce seis idiomas también pero con frases enteras y revisando la gramática. Puedes abrirla si quieres.

Entre los dos desembalaron la pequeña máquina y comenzaron a investigar su funcionamiento, probando frases y apretando botones.

-"Italy is the best country of the world"- sonó una voz robótica cuando Ccesco apretó un botón –"Italia es el mejor país del mundo"

Salvattore sonrió por la ocurrencia.

-¿Está bien no?, además de traducirte la frase en la pantalla te la dice en alto para que aprendas a pronunciarla tú. Y es pequeña, te cabe en el bolsillo.

-Está genial.

-Trae- pidió Salvattore –hay más. En el menú tienes calculadora, conversor de medidas y monedas, juegos, y otras cosas, ¿me habías dicho español?

-Sí- afirmó Ccesco mientras el hombre toqueteaba los botones.

-"La lluvia en Sevilla es una maravilla"- sonó en la máquina.

-Tiene frases típicas de los idiomas. Además de música típica también. La hay con doce idiomas pero es mucho más cara.

-No, con esta me vale.

-Son doscientos diez euros.

Ccesco se sacó del bolsillo todo el dinero que llevaba y se dió cuenta de que no le alcanzaba.

-Creo que sólo tengo doscientos, pero voy a casa a por los diez.

Salvattore cogió el dinero de la mano del niño y sonrió.

-No, déjalo, te los voy a perdonar con una condición.

-Cual.

-Deja de hacer trastadas.

Ccesco sonrió tímidamente y se encogió de hombros, después le miró fijamente, adquiriendo el valor suficiente para lanzarle alguna que otra pregunta personal.

-Salvattore, ¿por qué no te gustan los niños?

-¿Y quién dice eso?, sí me gustan.

-¿Y por qué echas a los niños que juegan al fútbol frente a tu tienda?

-Verás- sonrió –un día estaba descargando unos ordenadores portátiles, muy caros, y un niño que andaba jugando por allí me pegó un pelotazo y me tiró uno al suelo. El ordenador quedó inservible y, encima, cuando voy a pedir explicaciones a su padre casi acabamos a ostias. Así que, si los padres no se van a responsabilizar de sus hijos, no voy a permitir que ningún niño se ponga a joder frente a mi escaparate, anda que no hay parques para jugar al balón. Con mi tienda y con mi trabajo doy de comer a mi familia, y con eso no se juega. ¿Entiendes?

Ccesco afirmó comprendiendo que aquel infeliz no es que odiara a todo el mundo sino que simplemente defendía lo que era suyo.

-Además, yo tengo un nieto de seis años y si se pusiera a jugar ahí enfrente también le mandaría a tomar por culo para que se fuera a un parque.

Ccesco se rió imaginando la escena del abuelo gigantón y enrojecido de furia persiguiendo al pequeño nieto burlón.

-¿Tienes un nieto?

-Y está casi tan grande como tú, eres un enano, ¿sabes por qué no creces?

Ccesco se encogió de hombros a la espera de la respuesta.

-Porque seguro que fumas de esa mierda y porque eres un cabrón. La gente mala se queda enana.

-Eso es una tontería- exclamó ofendido.

-¿Ah sí?, te has fijado en los políticos, todos unos enanos cabrones.

-Lo que pasa es que tú mides dos metros y todo el mundo te parece enano.

-Si te traigo a mi nieto te podría dar una paliza y tiene menos edad que tú, ¿cuántos tienes?¿nueve?

-Once- corrigió con vergüenza.

-¿Once?- Salvattore alzó las pobladas cejas sorprendido y después sonrió –lo que yo te diga, un enano cabrón.

-Cabrón tú.

El hombre soltó una carcajada que fue correspondida por la sonrisa del pequeño.

-Pareces un buen chico, pero siempre andas con gente más mayor y acabarás metido en líos de mayores, deberías ir con niños de tu edad.

Salvattore se puso en pie y se dirigió a la puerta haciendo un gesto con el brazo para que el niño saliera del almacén.

-Bueno Franccesco- dijo colocándose tras el mostrador –si tienes algún problema con la máquina tráela y la miramos.

Ccesco abrió la puerta de salida y alzó la vista para observar la campanilla tintineante ante el movimiento, después miró al hombre que había cogido la calculadora para continuar por donde lo había dejado antes de su interrupción.

-Salvattore.

-¿Sí?- preguntó mirando al pequeño que permanecía en medio de la entrada.

-¡Forza Milan!- gritó Ccesco alzando el brazo estirado, después salió corriendo mientras Salvattore sonreía y negaba con la cabeza.

*

Buscó un parque para sentarse en el césped y sacó las hojas que había copiado para desdoblarlas y echarlas un ojo antes de comenzar a traducirlas, se dio cuenta de que el italiano y el español eran idiomas muy similares, sin embargo no llegaba a comprenderlo todo.

Milán, 9 de Junio de 2009.

La verdad es que no sé cómo empezar. Nunca había escrito un diario ni nada parecido, espero no llenarlo todo de faltas de ortografía. La única razón por lo que lo hago es porque mi psicólogo (¿Se sigue escribiendo con p aunque no se pronuncie?, nunca lo he entendido), pues eso, mi psicólogo me ha recomendado que plasme mis pensamientos tal y como se producen, es bastante complicado pararse a pensar en lo que uno siente cuando estás acostumbrado a vivir entre números, estadísticas y contratos.

Después del divorcio no lo he pasado muy bien, creo que estaba perdiendo el Norte. Ahora, después de varios meses, he comprendido que no estaba acostumbrado a perder, la separación ha sido una derrota y eso es lo que más me ha dolido, por encima de sentimientos y dinero.

He venido a Milán a intentar relajarme, aún no la conocía. Lo primero que he hecho al llegar a la habitación del hotel ha sido beber un poco de whisky, llevo varios días bebiendo cada vez más, pero se ha terminado, he hecho un trato con Franccesco.

Es un niño de once años que he conocido en la calle, tiene una mirada despierta, con rasgos de superioridad, demasiada para su corta edad. Es comprensible en alguien que, según creo, se está criando prácticamente en las calles de un barrio al que llaman el 'Bronx', no es difícil imaginar los problemas de un barrio así, seguramente mucha droga, desempleo y absentismo. Me cuesta asimilar que ese pequeño, en lugar de estar jugando al fútbol o a la consola, esté recorriendo las calles ofreciendo su cuerpo, hablando con normalidad de temas que incluso a mí me hacen sonrojar en boca de un niño.

Está claro que necesita el dinero, no le gusta lo que hace, habla con amargura cuando se refiere a sus clientes, y sin embargo ofrece sus 'servicios' con total naturalidad.

Por lo que he entendido en el rato que he hablado con él, no tiene padre, y no me ha querido decir mucho de su madre. La verdad es que me ha gustado encontrarle, me sentía solo, he quedado con él para que me acompañe todas las tardes por la ciudad, como una especie de guía, me va a salir un poco cara la estancia en Milán pero, por suerte, el dinero no es un problema para mí en este momento. Sé que así no se va a solucionar su problema, que simplemente es un parche temporal, pero no podía pasar de largo, quedarme en la ciudad sabiendo lo que este niño estaba haciendo. Se me revolvieron las tripas cuando vi a un tipo, un vicioso de mirada esquiva, esperando en una esquina a que terminara de hablar con Franccesco para acercarse a él y aprovecharse de su miseria, me hubiera gustado meterle una paliza. Pensé que estas cosas no pasaban en esta Europa que presume de bienestar social mientras las personas de todos los países que la forman aumentan su miseria y las empresas les explotan, y mientras los gobiernos regalan el dinero público a los bancos convenciendo a todos de que es necesario para la supervivencia del sistema.

Pues eso, el trato con Franccesco era que yo dejaba el alcohol y él no fumaba, aunque dice que no, yo pienso que un niño que está en un entorno tan hostil no fuma únicamente tabaco, tal vez tome maría o hachís, ojalá me equivoque, pero es algo que hacemos los seres humanos, buscar un refugio rápido, hasta yo mismo lo estaba haciendo y gracias a Franccesco me he dado cuenta.'

'Milán, 10 de junio de 2009'

Hoy es mi segundo día aquí, a veces el ambiente de la ciudad está sobrecargado, sobre todo cuando no corre nada de aire que se lleve la contaminación. Esta mañana he salido a pasear, necesitaba pensar y lo hago mejor cuando me muevo. He visto en un par de calles la firma de Franccesco, era algo así:

⟨⟨E$⟨☹

No hace falta ser grafólogo ni psicólogo para deducir algunos rasgos de la firma, por ejemplo, a mi entender, los rasgos tan rectos la dotan de agresividad, los símbolos del Dólar y el Euro muestran en lo que se ha convertido su vida, únicamente enfocada al dinero y alejada de la alegría que debería tener cualquier niño. Es impactante la cara de la O, entre enfadada y triste, como si estuviera gritando en busca de una ayuda que nadie le brinda. Esa firma me ha estremecido, me hubiera gustado pasar de largo sin verla, pero era imposible, una de ellas tenía tal tamaño que ocupaba una pared, es como si el niño se rebelara contra la ciudad que le ve crecer, marcando la piel de sus calles como venganza, al igual que esta ciudad está marcando para siempre su mente.

Por la tarde, cuando he salido del hotel, me ha alegrado mucho verle allí sentado esperándome. Al principio me he sentido un poco incómodo, no sabía cómo empezar una conversación, por suerte el fútbol nos gusta a los dos y de eso sí que es fácil hablar.

Después de romper el hielo le he preguntado por esa firma que encontré en las paredes y no ha tenido ningún reparo en confirmarme que era suya, es más, parecía orgulloso de esa seña de identidad. Me disponía a explicarle lo que pienso del vandalismo, a echarle una pequeña regañina, pero al ver su sonrisa infantil contrastada con esos ojos cargados de una profunda tristeza, simplemente desistí.

Hemos ido a la Plaza del Duomo a visitar la catedral, Franccesco no parecía impresionado, hasta que hemos subido a la terraza, se le ha iluminado la cara. La verdad es que te sientes bien cuando ves el mundo desde las alturas, es como si todo se ralentizara y pudieras escapar de los problemas. También hemos paseado por una galería comercial, no es el mismo concepto que tenemos en España de centro comercial, aquí es una gran calle peatonal a la que han cubierto con un techo de cristal. Durante el paseo hemos llegado a una intersección que tenía un toro dibujado en el suelo, hay una costumbre aquí, sobre todo por parte de los turistas, que es pisarle los huevos mientras das vueltas y pides un deseo, gracioso pero cierto.

Gracias a esto he descubierto que Franccesco ha perdido la ilusión, la inocente credulidad de un niño en la magia. Se ha negado a acompañarme y además he notado cómo nos miraba a los que pedíamos el deseo, una mirada arrogante marcada por la amargura mientras pensaba seguramente que éramos una panda de imbéciles. Por lo menos se ha reído cuando me he caído al suelo.

Sólo cuando le veo sonreír me recuerda que sigue siendo un niño, porque cuando tiene la mirada perdida, o el rostro serio, parece pensar y actuar como un adulto desconfiado.

Después del paseo y de tomar uno de los mejores helados que he probado nunca, hemos entrado en una tienda a comprar un balón, allí me ha mostrado por fin que tiene esperanza en el futuro, me ha enseñado la camiseta de la selección italiana, tiene la ilusión de ser futbolista cuando crezca. Ojalá lo logre, pero pensando en la vida que lleva, y lo que le rodea, no va a ser más que una ilusión que se irá difuminando con el paso del tiempo.

Después de jugar un rato al fútbol, que no lo hace nada mal, es una lástima el potencial desaprovechado, hemos vuelto en taxi al hotel. Por mucho que he insistido en acompañarle a su barrio se ha negado, tal vez no quiere que vea dónde vive, creo que aún no confía mucho, es comprensible. No para de decirme que soy un tipo muy extraño. Es genial. '

Después de haber traducido y asimilado lo que allí ponía, se quedó mirando fijamente las letras de las hojas trazadas con su propia mano. Tenía una extraña sensación de bienestar al percibir que hablaba bien de él, incluso con algo de cariño, y que comprendía lo que hacía sin juzgarle. Guardó las hojas y la pequeña máquina, se tumbó en la hierba y perdió la mirada entre las pocas nubes que surcaban el cielo, imaginando que flotaba y dejaba de sentir, dejaba de respirar, dejaba de existir.

　-Ccesco.

Al escuchar su nombre se incorporó y descubrió a Paolo que se acercaba sonriente para sentarse a su lado.

-¿Qué haces?- preguntó haciéndole una caricia en el pelo.

-Nada.

Paolo observó la pequeña marca en su mejilla pero no hizo ningún comentario, se conocían de siempre y se podía imaginar lo que había pasado.

-Ésta tarde vamos a Rubattino. ¿Vienes?

-No, tengo que ir a un sitio.

-Ah sí, tus negocios- sonrió irónicamente.

Ccesco se encogió de hombros y se tumbó de nuevo para continuar contemplando el cielo.

-Bueno, si tienes tiempo pásate, quiero enseñarte algo.

*

Hoy, más que en los días anteriores, estaba deseando verle, quería mostrarle algunas palabras que se había aprendido en español, sin saber el por qué exactamente, necesitaba que David se sintiera orgulloso de él.

Llegó corriendo con ilusión por la calle hasta el bordillo donde debía esperarle su amigo, pero estaba vacío por lo que se acercó a la cristalera de la fachada para observar el interior del hotel. Allí estaba David hablando con aquella chica del mostrador, los dos con una estúpida sonrisa.

Una extraña nube de tristeza se cernió sobre su cabeza, poco a poco se fue transformando en enfado. Frunció el ceño y se sentó a esperarle, ojalá David no hubiera conocido nunca a esa chica que acaparaba su atención.

David salió del hotel sonriendo y se acercó al niño para sentarse a su lado.

-Hola, ¿llevas mucho esperando?- preguntó entregándole el periódico.

-Sí- respondió el niño secamente y sin mirarle a la cara.

-Ccesco, ¿Estás bien?

David perdió la sonrisa mientras el pequeño se guardaba el dinero en silencio y tiraba el periódico en la acera.

-Ccesco.

-¿Estás muy ocupado con tu novia no?

-Ccesco mírame.- respiró hondo, el niño seguía con la mirada fija al frente y el ceño fruncido –No es mi novia, sólo intento ser amable con la gente. Sigo siendo tu amigo ¿no?

El chico se encogió de hombros sin cambiar de actitud.

-Hoy quería hablar contigo de algo importante pero va a ser mejor que lo dejemos para después.

-¿De qué?- por fin, movido por la curiosidad, giró la cabeza para mirarle.

David suspiró para cargarse de fuerzas, iba a obviar que la idea había sido de Angélica dadas las circunstancias.

-Verás, como sabes, vamos a estar juntos poco tiempo, pronto me iré, y me gustaría ayudarte. No quiero irme y ya está, que todo siga igual en tu vida. He pensado que tal vez podamos contar a alguien lo que te pasa.

-¿La policía?- interrumpió inquieto.

-Sí. O no. No sé, a los servicios sociales.

-No.

-Escúchame, es por tu bien.

Ccesco no paraba de mover la cabeza, negando en silencio, asustado por las consecuencias que acarrearía el contarle a alguien lo que sucedía en su casa.

-Te pueden buscar una familia que te quiera.

-Mi madre me quiere- dijo con la voz entrecortada.

Los ojos se le humedecieron mientras seguía negando con la cabeza, enrabietado por la posición que estaba adoptando David.

-¿Cómo dices eso?, tu madre no te quiere, si de verdad te quisiera no te obligaría a hacer esas cosas.

-Mi madre me quiere.- sollozó mientras se ponía en pie frente a él y le agarraba del cuello de la camiseta con las dos manos -¡¿Tú qué sabes?!¡¿eh?!- comenzó a gritar entre llantos - ¡¿Qué sabes de mi madre?!,¡¿qué sabes de mí?!, ¡tú no sabes una mierda!

Ccesco le empujó con fuerza y salió corriendo.

-¡Espera!- gritó David poniéndose en pie.

Le observó alejarse con impotencia y se volvió a sentar para taparse la cara con las manos, frotándola suavemente mientras respiraba hondo.

-¿Estás bien?

Al oír la voz de Angélica retiró las manos y la miró con los ojos tristes.

-Estaba cerca de la puerta y he escuchado unos gritos.

-Creo que no ha sido buena idea- dijo David forzando una amarga sonrisa.

*

Ccesco estuvo un rato caminando sin rumbo hasta que se acordó de Paolo, por lo que se dirigió a Rubattino como le había dicho en la mañana.

Rubattino estaba situado al Este de la ciudad, allí se había instalado un campamento de gitanos rumanos provocando una degradación de la zona de la que se habían adueñado creando un pequeño guetto sin ley ni respeto. Sin embargo durante los últimos meses la presión política y policial había aumentado causando las protestas de asociaciones dispuestas a defender las causas más ilógicas. Aún así seguía siendo un buen lugar para reunirse la pandilla y comprar maría o hachís.

A Ccesco no es que le agradara mucho ir a aquel lugar insalubre que más parecía un vertedero que un poblado, pero no quería estar solo. Paolo, Musta y otros chicos del barrio estaban alrededor de un coche con la ventanilla rota.

-¡Ccesco!- Paolo se acercó corriendo, feliz por verle, y apoyó el brazo en sus hombros para caminar hacia el coche -¿quieres conducir?

-No sé conducir- respondió tímidamente.

-Yo te enseño, es muy fácil.

Cuando llegaron a la altura del coche Paolo comenzó a hacer aspavientos con los brazos.

-Fuera, fuera, que va a conducir Ccesco.

Los chavales se apartaron en silencio, nadie discutía a Paolo que a sus dieciséis años era respetado por grandes y pequeños. Ccesco se sentó en el asiento del conductor.

-Toma, póntelos antes de tocar nada- Paolo le ofreció unos guantes negros.

-Hace calor.

-Ccesco, tienes que ser más listo que la poli, nunca dejes tus huellas en ningún sitio.

Ccesco comprobó que él también llevaba unos guantes así que le hizo caso y se los puso.

-Bienvenidos a la escuela de conducción de Paolo- comenzó a decir forzando una voz nasal —lección uno, póngase los guantes.

-Ya- sonrió Ccesco mostrando las manos.

-Lección dos, gire la llave, si el coche es robado utilice los cables.- continuó mientras se inclinaba para ayudarle a encender el motor, después recuperó su voz normal —Bueno, es muy fácil, no te pongas nervioso. Hay tres pedales de derecha a izquierda, acelerador, freno y embrague. Para meter las marchas tienes que pisar el embrague a fondo. Bien, fíjate en la palanca, aquí vienen dibujadas las posiciones de las marchas. Mantén pisado el embrague y agarra la palanca- Paolo puso su mano sobre la de Ccesco —te voy a enseñar la primera y la segunda, para empezar no necesitas más.

Paolo le mostró las dos posiciones repitiendo mecánicamente el movimiento una y otra vez, después retiró su mano para comprobar si Ccesco lo había entendido.

-Primera, segunda, primera, segunda…- repetía moviendo la palanca –es fácil.

-Vale, mete primera y ahora tienes que levantar suavemente el pie del embrague y al mismo tiempo pisar poco a poco el acelerador.

Ccesco obedeció las instrucciones pero el coche comenzó a pegar tirones hasta que el motor se detuvo.

-¿Qué ha pasado?

-Tranquilo, sólo se ha calado. Vamos otra vez. Más suave con el embrague.

Después de dos intentos el coche logró emprender la marcha.

-Mira Paolo, estoy conduciendo- comentó emocionado.

-Bien, prueba con la segunda.

El coche aceleró la marcha, doblaron un par de calles y volvieron al descampado.

-Mete punto muerto y frena.

-Es fácil- sonrió el pequeño cuando paró bruscamente haciendo patinar las ruedas sobre la arena.

-Claro, tienes un buen maestro.

Los chavales volvieron a arremolinarse alrededor del coche cuando Paolo y Ccesco se bajaron.

-Muy bien Ccesco- dijo Musta tocándole la cabeza –es un máquina ¿no Paolo?

Paolo dejó de escuchar y se aisló adquiriendo una expresión seria, la misma expresión de loco que precedía a una pelea. Se acercó airado a la parte trasera del coche donde un gitano intentaba arrancar una pegatina de la bandera de Italia.

-¿Te ha hecho algo la bandera?

-Yo quito esta mierda.

-¿Cómo has dicho?

Ccesco miró asustado sus ojos enrojecidos mientras Musta se interponía para mediar, él era de origen turco pero llevaba el suficiente tiempo viviendo aquí para saber que en Italia, y con Paolo, había temas con los que no se podía bromear como el fútbol y los sentimientos patrios.

-Déjalo, ¿no ves que va fumao y no sabe lo que hace?- decía Musta intentando contenerle.

-Tú, gitano de mierda, para hablar de Italia te lavas la boca podrida que tienes.

Un par de rumanos observaron la escena y se acercaron a disculparse mientras se llevaban al causante del enfrentamiento para evitar que los problemas aumentaran. Paolo finalmente se tranquilizó recuperando la serenidad en el rostro.

-Hay que enseñar a estos mierdas quién manda. Ven Ccesco, te voy a enseñar algo.

Cuando llegaron a un lugar más apartado, donde estaban solos los tres, Musta sacó una caja de zapatos que llevaba en una bolsa.

-Busca unas latas- ordenó Paolo sujetando la caja.

-¿Pongo esto?- preguntó estirando el brazo para exponer la bolsa que llevaba y que contenía una botella de cerveza.

-Cuando nos la bebamos.

Musta se alejó dejando la bolsa en el suelo y comenzó a buscar latas y botellas para colocarlas frente a una pared.

-¿Qué es?- preguntó Ccesco con curiosidad.

Cuando se sentaron en el suelo Paolo destapó la caja y le mostró el interior.

-¿Es de verdad?

-Claro, nueve milímetros parabellum.- dijo mientras sacaba la pistola –vamos a poner esto.

-¿Y eso qué es?- preguntó el pequeño al ver que enrollaba un tubo en el extremo.

-Un silenciador, así no se escucha nada cuando dispara. ¿No querrás que nos pongamos a disparar y se llene todo esto de policía?

-¿Puedo cogerla?

-Claro.

Ccesco comenzó a apuntar hacia todos lados guiñando un ojo para centrar la vista.

-Esto es un atraco- dijo apuntando a su amigo a la cara.

Paolo sonrió y bebió un trago de la botella, después se la ofreció a Ccesco que la cogió dudando.

-¿No quieres?

-Sí- el pequeño dio un trago largo rompiendo así su pacto, a pesar del remordimiento inicial pensó que tras la bronca con David ya no se iban a ver más.

Paolo introdujo el cargador en la pistola al ver que Musta ya había terminado su tarea y se acercaba en busca de la cerveza.

-Deja algo para los demás- comentó al tiempo que le arrebataba la botella al pequeño.

Paolo se puso en pie y comenzó a disparar. Ccesco se sorprendió ante el silencio de las detonaciones, incluso llegó a pensar que le estaba tomando el pelo fingiendo que disparaba pero el sonido de una botella estallando le hizo comprobar que aquello era real.

-Toma, dispara tú.

El niño agarró la pistola firmemente con las dos manos y disparó con parsimonia, haciendo una larga pausa para apuntar. Después llegó el turno de Musta, mientras él disparaba se sentaron en el suelo a observar.

-Escucha Ccesco, tengo cuatro pistolas más, si me encuentras algún cliente ya sabes que tienes tu parte. Para que veas que yo me acuerdo de tí en mis negocios.

-Sí- dijo el pequeño pensativo -¿De dónde las has sacado?

-Ya sabes que los transportistas son un poco descuidados, de vez en cuando se les pierde una caja con móviles o con portátiles- explicó antes de dar un trago –en los ejércitos pasa igual, sobre todo en países de África y Asia. Como los sueldos son una mierda los oficiales se buscan un dinero extra, si alguien descubre que faltan armas cogen a un pobre soldado y le echan la culpa. Había un subfusil pero sólo me he quedado con cinco pistolas.- bebió otro trago y sonrió –Esto no son discos o juegos, es más complicado de vender porque la gente es muy desconfiada, se piensan que son armas marcadas, sucias, que se ha cometido algún crimen y se quieren deshacer de ellas. La gente no tiene ni puta idea, no hay armas más limpias que éstas, ni siquiera están registradas, oficialmente no existen.

Cuando Musta vació el cargador se acercó y se sentó junto a ellos, dejando el arma en el suelo, y después bebió un largo trago para acabar con la cerveza.

-Hay que esperar un poco a que se enfríe para desmontarla.- Paolo mostró una sonrisa malvada -¿Le damos un susto al Quemao?, a ver qué hace cuando vea la pistola, a ver si tiene cojones de perseguirnos.

-Es mejor dejarle en paz- afirmó Ccesco con preocupación – no nos ha hecho nada para que le molestemos tanto.

-Vaya, ¿no me digas que el pequeño Ccesco tiene miedo?- se burló Musta.

-Deja a Ccesco.

-No tengo miedo. Pero una cosa es insultarle o tirar unos huevos al escaparate, y otra apuntarle con un arma, eso es más serio, se puede enfadar de verdad.

-¿Y qué va a hacer?, es un maricón, lo único que sabe hacer es gritar.

-Eso es porque tú corres más que él- rió Musta –pero el día que te alcance verás.

-Me va a comer la polla- dijo Paolo desafiante.

Ccesco bebió y guardó silencio, no se atrevió a contar la conversación que había mantenido con el Quemao ni que había entrado en su tienda, no quería que le tomaran por un traidor que confraternizaba con el enemigo.

*

David estaba tumbado mirando el techo, no quería cenar ni podía dormir. Respiró hondo y se sentó cogiendo el cuaderno para revisar las anotaciones de ayer.

"Milán, 11 de Junio de 2009.

Esta noche, cuando me he levantado al baño, he descubierto al pequeño Franccesco en el sofá. Por la mañana le he preguntado cómo había entrado y me ha explicado el método del resbalón, inmediatamente me vino a la memoria el día que me olvidé las llaves dentro de casa y tuve que llamar a un cerrajero de los que están veinticuatro horas para las emergencias. Cuando vino me pidió que me diera la vuelta porque, según él, iba a utilizar una técnica que sería peligrosa si se difundiera, ahora comprendo la sencilla técnica que no quería que aprendiera para continuar con su negocio, un gran negocio porque abrió la puerta en un par de minutos y me cobró ciento cincuenta euros.

Franccesco tenía un arañazo y un pequeño hinchazón en la cara, me explicó que había sido su madre, pero la excusó al instante, por lo que dice tiene serios problemas con la droga. Es una pena que un niño tenga que criarse en un ambiente así y que nada se pueda hacer.

Sabiendo a qué se dedica, me he sentido un poco extraño cuando me ha dado un abrazo, pero ha sido reconfortante, me ha dado permiso para llamarle por su apodo, el que usan sus amigos, Ccesco, eso significa que ya no me ve como un tío raro.

Cuando han venido a traer el desayuno Ccesco ha sido rápido y se ha escondido en el armario, se lo ha tomado como un juego. Es triste que tenga que esconderse porque no está pasando nada malo, pero tal y como está el mundo es mejor así, no me gustaría acabar en comisaría intentando explicar qué hacía ese niño en mi habitación, y encima en calzoncillos.

El tipo del servicio de habitaciones no paraba de cotillear observando cada rincón de la habitación mientras servía el desayuno, lo peor es que no se esforzaba por disimular, me ha hecho sentir bastante incómodo, sobre todo cuando me miraba a la cara como si fuera un policía en busca de una declaración.

Al bajar a recepción he conocido a Angélica, una chica joven de pelo negro y ojos verdes, me he quedado mirándola como un tonto y creo que lo ha notado.

Mientras la entretenía Ccesco ha salido del hotel, es un chico observador, se ha dado cuenta al instante de la forma en que miraba a Angélica.

Como en Milán no hay mar, hemos ido a Génova a pasar el día, apenas hay unos ciento cincuenta kilómetros y ha merecido la pena.

Hemos ido al Acuario, comido Focaccia, una especie de pizza, y helado. Pero lo que más le ha gustado ha sido ver el mar, nunca lo había visto, no quería moverse, nos hemos sentado en una roca y allí nos hemos quedado como estatuas durante bastante tiempo, sólo mirando el mar.

No sé cómo explicarlo pero me ha parecido que su carácter se ha suavizado por un instante, que hoy ha vuelto a ser un inocente niño. Después, mientras buscábamos el coche, no me soltó la mano en todo el rato, por extraño que parezca me he sentido incómodo, no por él, sino porque me he empezado a obsesionar, me sentía observado por el resto de la gente, como si me señalaran y comentaran.

La vuelta a Milán ha sido bastante tranquila, no hemos hablado nada, a veces me pregunto qué pasa por su pequeña cabeza cuando se queda en silencio y vacía la mirada.

Me ha querido devolver el dinero, dice que no hace falta que le pague, que quiere estar conmigo. Es genial.

Se ha despedido con un largo abrazo y ha desaparecido para volver a su "vertedero" como dice Angélica.

Ella nos ha visto, cuando me ha preguntado por Ccesco me he puesto muy nervioso, no sabía qué decir, cómo explicar todo esto tan extraño que está pasando.

Hemos ido a una cafetería y ha sido bastante juiciosa después de escuchar la historia. Me he sentido un poco estúpido cuando he intentado un acercamiento y me ha rechazado, creo que he perdido la práctica con las mujeres. A parte de eso me ha aconsejado que haga algo más por Ccesco, pero no sé, a ver si después de descansar pienso con más claridad.

No paro de dar vueltas en la cama, es difícil dormir sin las pastillas, creo que mi cuerpo se ha acostumbrado a la química y necesita su chute, van a ser unas noches complicadas hasta que pueda conciliar el sueño de forma natural otra vez."

Esbozó una sonrisa rememorando la visita a Génova, el acuario, el fútbol en la playa y el descubrimiento asombrado del mar por parte del pequeño Ccesco.

"Milán, 12 de Junio de 2009

La tarde había empezado bien, estaba de buen humor, hacía un buen día, he hablado con Angélica, pero todo se ha venido abajo en segundos.

Me siento fatal, le he hecho llorar. No quería ofenderle pero lo he hecho, tal vez no deba hablarle tan claro. No debo decir lo que pienso, la idea de separarse de su madre por su bien no la llega a entender.

Cuando me he sentado a su lado para intentar explicarle la posibilidad de buscarle una salida, una vida mejor, algo de ayuda, se ha alterado y se ha echado a llorar, me ha hecho volver a plantearme la misma pregunta que me rondaba ayer por la cabeza: ¿Quién coño soy yo para meterme en su vida?

Es difícil ayudar a alguien que no quiere ser ayudado, cuando una persona se acostumbra a su vida, por muy cruda que sea, es complicado que desee cambiarla, y más si eso implica separarse de un referente, en este caso materno.

Me dolería que esto terminara así, aún me queda algún día en Milán y me gustaría verle de nuevo sonreír. No quiero que se vaya pensando que he intentado inmiscuirme en sus asuntos para dañarle, eso no es así.

Es difícil de explicar, y más de asimilar, cómo se puede coger un cariño tan profundo a alguien al que apenas conoces de un par de días, pero a mí me ha pasado con Ccesco, siento el mismo cariño que podría sentir por un hijo.

Esto me deprime aún más, porque me doy cuenta del tiempo que he perdido en busca de dinero, y de lo que he sacrificado por ello. Ni se me había pasado por la cabeza la posibilidad de tener un hijo, un obstáculo en mi carrera hacia el dorado. He sido un estúpido porque ya no tengo ni hijos, ni mujer con los que tenerlos.

Angélica me ha subido algo de cenar, creo que se siente culpable por haberme empujado, pero tenía buena intención, y sigue teniendo razón en que *hay que ayudar a Ccesco, pero yo ya lo he intentado.*

Después de releer lo que había terminado de escribir hacía un rato le añadió una línea.

No he cenado. No puedo dejar de pensar en Ccesco, va a ser una noche muy larga "

*

Ccesco entró en casa con sigilo, caminó ligeramente inclinado y apoyando la mano en la pared para mantener el equilibrio. El dormitorio de su madre tenía la puerta entreabierta, al escuchar ruidos asomó la cabeza para descubrir a un hombre botando aceleradamente sobre ella. Se dirigió asqueado hacia su habitación y rebuscó entre las camisetas su bote de Spiderman para guardar el dinero apartando cien euros para entregárselos y que estuviera contenta.

Se sentó en la cama y se dejó caer, estaba algo mareado por la cerveza, Paolo le había traído bien sujeto por el brazo, si no hubiera sido por él tal vez no hubiera llegado a casa hasta que se minimizaran un poco sus efectos. Su pequeño cuerpo no estaba aún preparado para asimilar el alcohol, cualquier ingesta, por minúscula que fuera, le afectaba demasiado.

Cuando escuchó la puerta de entrada cerrándose con un leve golpe comprendió que su madre había terminado con el cliente así que se incorporó para llevarle el dinero.

-¿Mamá?- dijo tímidamente asomando la cabeza por la puerta.

-Pasa.

Carola se giró hacia Ccesco apoyando la cabeza en la palma de la mano mientras sujetaba un cigarro recién encendido con la otra.

-Apestas a cerveza- sonrió ofreciéndole el cigarro.

Ccesco negó con la cabeza y dejó el dinero sobre la mesilla.

-Cien euros- dio otra calada –eso está bien.

El pequeño miraba fijamente a su madre, en silencio, en este instante se acordó de David, ¿por qué decía que su madre no le quería?, cualquier otra madre hubiera montado en cólera al comprobar que su hijo de once años venía medio alcoholizado, pero Carola no. Le permitía una libertad total, no había castigos ni reprimendas salvo las derivadas de su consumo de cocaína y alcohol.

-Vamos, no me mires así- dijo Carola apagando el cigarro en el cenicero –sabes que no me gusta.

Ccesco continuó inmóvil como una estatua.

-Esto es sólo trabajo, tú eres mi hombrecito, el único al que quiero. Sólo te necesito a ti.

Carola agarró al niño por la cintura elástica del pantalón y tiró suavemente hacia la cama mientras levantaba la sábana para facilitar la incursión. Cuando estuvo encima de ella le ayudó a desnudarse, le quitó la camiseta y la lanzó al suelo, después se incorporó ligeramente y le bajó los pantalones hasta donde alcanzaron sus brazos, quedando los calzoncillos doblados ligeramente por debajo de su culo. Ccesco comenzó a mover la pequeña cintura de forma mecánica, sabía cómo funcionaba, no era la primera vez que lo hacía. Carola dobló las rodillas para facilitarle el acceso mientras el niño apoyaba la frente sobre la almohada, por encima del hombro de ella. Entre el jadeo de la respiración acelerada a Carola se le escapaba algún beso en la mejilla y le deslizaba un "te quiero" susurrante en el oído que no era correspondido porque el pequeño estaba concentrado con ímpetu silencioso en su tarea.

Ccesco no sabía si había terminado, no conocía aún la experiencia culminante de la eyaculación, pero tuvo que parar porque estaba exhausto. Apoyó la mejilla sobre el hombro de su madre mientras recuperaba el aliento.

-Eres mi hombrecito. Te quiero.

-Y yo.

Ccesco no se quería mover, empezaba a ser embargado por el sueño y quería dormir con ella.

-Mamá.

-Qué.

-¿Me lavas la camiseta del Milan?, me la quiero poner mañana.

-Claro, esta noche la lavo y la meto en la secadora- dijo antes de darle un pequeño beso en la boca.

Ccesco cerró los ojos reconfortado por las caricias que sentía sobre su cabeza mientras pensaba nuevamente que David se equivocaba. Su madre le quería.

Siete

-¿Mamá?

Ccesco se colocó boca arriba sintiendo los pequeños pinchazos en la cabeza típicos de una ligera resaca. Respiró hondo y se frotó las sienes intentando que pasara. Giró la cabeza y se rascó el muslo mientras buscaba los calzoncillos con la mirada, cuando localizó la prenda se retorció y estiró sin abandonar la cama para alcanzarlos. No le apetecía ponerse de pie, pensaba que aquellas agujas dentro de la cabeza le iban a hacer marearse y perder el equilibrio.

Se sentó lentamente en el borde del colchón y se puso los calzoncillos. Permaneció sentado un rato frotándose las sienes con las puntas de los dedos hasta que se llenó de fuerzas para ponerse en pie. Caminó con cuidado hasta la cocina para tomar café porque Paolo se lo había dicho alguna vez, que para superar las resacas había que tomar café y mucha agua.

La casa estaba vacía así que tocó la cafetera intentando deducir si su madre se había ido hacía mucho. Templada, casi fría, aquel café debía llevar hecho más de una hora. Se sirvió un gran vaso y le echó bastante azúcar, por mucho que dijera Paolo, él era incapaz de tomar café solo.

Se sentó en el sofá del salón y apoyó la espalda para cambiar una y otra vez de canal en busca de dibujos.

-*Troooompa*.

Sonrió y soltó el mando, le encantaba cuando Shin Chan hacía aquello, bajarse los pantalones, poner los brazos en la cintura y moverse de adelante hacia atrás, hasta que llegaba su madre y le reprendía con un golpe que le causaba un exagerado chichón en la cabeza. A veces Shin Chan convencía a algún adulto para que le imitara, Ccesco se desternilló de risa cuando vio el capítulo en el que Shin Chan, junto con su padre y su abuelo, iban bailando la trompa por el pasillo de la casa ante la mirada atónita de su madre y su abuela.

-*Hola mafioso*.

-*¡Que yo no soy mafioso!*- gritaba llorando el hombre con gafas.

Ccesco volvió a sonreír, aquel enano cabezón tenía martirizado al director de la escuela, siempre le saludaba a gritos llamándole mafioso lo que causaba un gran revuelo a los desconocidos que pasaban alrededor.

Enano.

Se terminó el café y frunció el ceño dejando el vaso en la mesa. Se le había ocurrido algo. Se levantó y empezó a revolver entre los papeles, después volvió a sentarse y comenzó a escribir. Se rascó la cabeza y sonrió pícaramente, fue en busca de su traductora, que había guardado envuelta en una camiseta junto a la caja del dinero, y volvió al salón para retomar su escritura.

Cuando terminó de escribir la nota se fue al cuarto para vestirse, la resaca había desaparecido casi del todo empujada por el buen humor. Como había prometido su madre allí estaba la camiseta encima de la silla, planchada y doblada. Ccesco la desplegó y besó el escudo antes de ponérsela. Releyó el papel que acababa de escribir y lo introdujo en un sobre junto a un billete de diez euros.

*

Se asomó a través del escaparate y le vio en el mostrador tecleando en la calculadora. Esta vez entró con decisión, cuando empujó la puerta la campana anunció su entrada.

-Hola Franccesco- saludó el Quemao con una sonrisa mientras colocaba un taburete a su lado –ven, siéntate.

-¿Qué haces?- preguntó acomodándose –siempre estás con la calculadora.

Salvattore se secó el sudor de la frente y suspiró.

-La cosa está muy mal chico, puede que tenga que cerrar la tienda o vender otra cosa.

-¿Porqué?

-Es imposible que las pequeñas tiendas podamos competir con los grandes centros comerciales.- volvió a suspirar profundamente –Todo es una mierda.

-¿Y qué vas a vender?

-No sé, tiene que ser algo que necesite la gente pero que no les merezca la pena desplazarse hasta un centro comercial para comprarlo.

El niño vació la mirada pensando en un producto así.

-¿Pan?- dijo ilusionado por encontrarle una solución.

-Sí, es buena idea, pero panaderías y tiendas de alimentación hay demasiadas. Había pensado en lotería pero hasta eso se puede hacer por internet. Tal vez un bar, pero bueno, vamos a dejarlo. ¿Qué tal funciona la traductora? ¿no se te habrá estropeado?

-No, funciona genial.

-Oye, ¿para qué quieres traducir español?¿te vas de vacaciones?

Ccesco pensó durante un par de segundos sin saber qué decir hasta que se le ocurrió.

-No, es que hemos puesto satélite y hay un canal de España que echa unos dibujos que me gustan.

-Vaya, ¿y te da tiempo a traducir mientras los ves?

-Lo grabo y voy parando para traducir.

-Te deben de gustar mucho para verlo a tirones, yo no podría.

Ccesco hizo una mueca y se encogió de hombros.

-¿Y qué te trae por aquí?- preguntó mientras miraba el escudo del Milan en la camiseta del niño.

-¿Quieres una pistola?

-¿Qué?

-Me he enterado que venden pistolas de nueve milímetros, por si querías una.

-Ya te enseñé ayer que tengo una.

-¿Es de verdad?

-Claro, ¿qué pensabas?

-Ah, creía que era de esas que sólo hacen ruido para asustar.

-Mírame- dijo el hombre con una expresión seria -¿Piensas que me ando con tonterías?

Ccesco permaneció en silencio, intimidado por su rostro.

-Franccesco, la vida no es un juego, hay que tomársela en serio.

-¿Y si te la ve la poli?

-Tengo licencia- Salvattore sacó la cartera del bolsillo y le mostró un carnet –he sido militar.

El niño estudió la licencia y después se la devolvió.

-¿La has usado alguna vez?

-No, por suerte- contestó mientras se guardaba la cartera.

-¿Y dispararías a alguien?

-Bueno- dudó –si mi casa, mi negocio, mi familia o mi vida están en peligro, pues claro. Recuerda esto- dijo alzando el dedo

índice con solemnidad –si alguien te ataca, antes de que llore tu
madre es mejor que llore la suya.

Ccesco afirmó en silencio y se levantó frustrado por no poder
hacer negocio.

-Tengo que irme.

-Acuérdate de que tienes que portarte bien.

El niño abrió bien los ojos al recordar el motivo real de su
visita, se metió la mano en el bolsillo se sacó el sobre arrugado
y, después de estirarlo y pasarle la mano repetidas veces para
que tuviera mejor aspecto, se lo entregó.

-¿Qué es esto?- preguntó el hombre mientras lo intentaba
abrir.

-Es para ti.- dijo mientras se dirigía a la puerta –Salvattore.

-¿Sí?- dijo alzando la vista hacia la puerta.

-¡Forza Milan!- gritó Ccesco levantando el brazo antes de
salir corriendo.

El hombre sonrió y negó con la cabeza mientras vaciaba el
contenido del sobre en el mostrador. Separó el billete de diez y
desdobló la pequeña hoja para leerla.

*Te pago tus diez euros, no hay trato, soy un
niño y tengo que hacer travesuras.
Gracias Quemao*

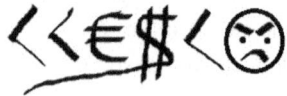

Salvattore rió cuando leyó su apodo, el niño lo había escrito
junto a la palabra gracias en los seis idiomas que tenía la
máquina.

*

Eran ya las cinco, sentado en el bordillo miraba una y otra vez el reloj perdiendo la esperanza de volverle a ver con cada minuto que pasaba.

Las cinco y cuarto. Se llenó de ilusión cuando vio al pequeño acercarse a paso lento por la calle, pasando la mano por las paredes, lanzando miradas rápidas y furtivas, como si estuviera paseando, disimulando, intentando demostrar que la presencia de David apenas le importaba.

-Hola- sonrió David entregándole el periódico cuando se sentó a su lado.

-Hola- respondió Ccesco sin mirarle.

Después de guardarse el dinero le devolvió el periódico y se mantuvo ocupado haciendo dibujos imaginarios con un palo sobre la acera.

-Me alegro mucho de verte.

El niño emitió un sonido apenas audible y se encogió de hombros para mostrar indiferencia.

-Tienes razón.

Ccesco dejó sus dibujos sobre la acera y le miró por fin.

-No te conozco bien, no conozco a tu madre- David suspiró –tu vida ha tenido que ser dura hasta el momento. No soy nadie para entrometerme. Pero quiero que te quede claro que lo que intentaba ayer era ayudarte, no quería enfadarte ni que te pusieras triste.

El pequeño le escuchaba cabizbajo porque en el fondo ya lo sabía.

-No voy a volver a molestarte con algo así, sólo hablaremos de lo que tú quieras hablar. ¿Me perdonas?, ¿seguimos siendo amigos no?

Ccesco sonrió y le abrazó, notaba que la disculpa era sincera y sentía la necesidad de perdonarle porque se encontraba a gusto y seguro con él. Esta vez no hizo nada por acortarlo, David ignoró al mundo que le rodeaba y disfrutó de la muestra de cariño dejando al lado los prejuicios sociales y las posibles miradas de los viandantes.

Después de despegarse el niño retomó sus dibujos imaginarios sobre la acera.

-¿Qué vamos a hacer hoy?- preguntó soltando por fin el palo y sacudiéndose las manos.

-No tenía nada pensado. ¿Se te ocurre algo?

Ccesco desvió la mirada pensativo hasta que una idea le iluminó la cara.

-¿Te gustan los juegos de ordenador?- sonrió ilusionado.

-No suelo jugar- respondió alzando las cejas.

La verdad es que en su vida había desaparecido el tiempo dedicado a los juegos, el único ocio para él era el gimnasio, el resto del tiempo estaba ocupado plenamente por el trabajo.

*

David pagó al taxista y se bajó para observar la fachada del local, Ccesco ya le esperaba impaciente en la entrada.

-Vamos- hizo un gesto con el brazo mientras abría la puerta.

El interior del local apenas estaba iluminado con una tenue luz, la penumbra era interrumpida cada pocos segundos por varios focos de colores que brillaban al ritmo de la música ambiental que intercalaba rock, hip-hop, heavy, dance, house, y todo tipo de ritmos juveniles. David hizo un recorrido visual mientras se dirigían al mostrador. Era bastante grande, debía haber allí entre sesenta y ochenta ordenadores, entre los clientes se mezclaban adolescentes y veinteañeros aunque también había algún niño de la edad de Ccesco. Se sintió extraño rodeado de tanta juventud.

-Hola Roberto- saludó el niño al joven del mostrador con un apretón de manos.

-Hola Ccesco, ¿qué tal?

-Bien, ¿nos abres dos ordenadores que estén juntos?

-A ver, déjame ver- el joven comenzó a teclear –coge el veintitrés y el veinticuatro.

El joven cruzó una mirada desconfiada con David que se había quedado observando su cara llena de piercings.

-Vamos- ordenó el niño tirando del brazo de su amigo con fuerza para arrastrarle hasta sus ordenadores.

-Espera, ¿no hay que pagar?

-No, se paga cuando terminemos, nos ha abierto los ordenadores sin tiempo.- explicaba mientras caminaba emocionado –Podemos estar el tiempo que queramos, después nos cobra. Es amigo mío.

Ccesco se acercó a un niño de su edad que permanecía concentrado en la pantalla y le tiró suavemente de un auricular.

-Hola Franccesco- sonrió mientras se quitaba los auriculares.

-Hola Filipo, ¿te queda mucho?

-Una hora.

-Vale- Ccesco apretó una tecla y se acercó a la pantalla para leer durante un instante –nos metemos en tu partida.

-¿Quién?

-Él es mi tío David, ha venido de vacaciones- mintió mientras le señalaba –vive en España.

David se acercó sorprendido cuando Filipo se levantó para ofrecerle la mano.

-Encantado.

-Igualmente- sonrió David mientras estudiaba atentamente al niño.

Sus modales exquisitos, su pelo rubio repeinado con la raya a un lado y su ropa elegante y conjuntada denotaban claramente que pertenecía a una clase económica superior.

-Meteros en mi bando- sugirió mientras retomaba su sitio.

-Vamos- dijo Ccesco

El niño caminaba entre las mesas sin dudar, se conocía bien los puestos, solía ir allí cuando tenía algo de dinero, siempre se guardaba cinco o diez euros antes de entregarle el resto a su madre.

-Ese es el tuyo- señaló a la silla de al lado.

-Espera- dijo David tomando asiento –explícame cómo va esto.

Ccesco sonrió y le agarró la mano izquierda para colocar sus dedos sobre las teclas, se sentía importante enseñándole, le encantaba la idea de saber más que un adulto en algún tema.

-Esas son las teclas para moverte. Con la mano derecha agarras el ratón para disparar.

Después se colocó a su derecha y comenzó a mover el ratón haciendo clic una y otra vez.

-Si lo haces tan rápido no me entero- rió David.

-No, espera- dijo el niño concentrado en la pantalla –estoy metiéndote en la partida de Filipo. Ya estás.

David vio aparecer en la pantalla a un militar armado mientras el niño comenzaba a teclear números.

-Espera que te compro un fusil. Ya está, cambia la cámara- continuó apretando otra tecla.

-Vaya, sí que controlas- sonrió al ver su pequeña mano deslizándose por el teclado a gran velocidad.

-Ya estás- sentenció antes de volver a su teclado.

El soldado de David había desaparecido dando paso a una cámara subjetiva con un punto de mira, ahora controlaba la acción en primera persona. Veía a otros soldados avanzar a su alrededor mientras probaba torpemente los movimientos.

-Sígueme, soy el que pone Ccesco en la cabeza- ordenó mientras se colocaba los auriculares.

David le imitó cogiendo los auriculares colocados sobre la torreta del ordenador y comenzó a escuchar los disparos y los gritos del juego.

Después de un rato sintió la presencia de un niño que se colocó entre los ordenadores por lo que se retiró los auriculares.

-Me tengo que ir- dijo Filipo tocando en el hombro a Ccesco que seguía concentrado en el juego.

-Adiós Filipo- respondió girando la cabeza y dándole una palmada en el brazo.

-¿Cuándo vas a venir por el barrio?

-Cuando se vaya mi tío.

-¿Él juega al fútbol?- preguntó mirando hacia David.

-Sí- afirmó adelantándose a Ccesco.

-Pues ven tú también.

-Bueno, uno de estos días nos pasamos.

-Adiós señor.

-Adiós Filipo- sonrió David estrechándole la mano.

-Adiós Franccesco.

-Adiós Filipo.

David siguió con la mirada al niño hasta la puerta donde le esperaba un hombre bien vestido y aseado lo que contrastaba con el joven del mostrador que llevaba una melena descuidada y una camiseta de tirantes que dejaban a la vista sus brazos llenos de tatuajes.

*

Después de jugar tres horas a la guerra, se fueron a la Plaza del Duomo para cenar en uno de los restaurantes de la galería Vittorio Emanuele. Ccesco no paraba de hablar del juego recreando el sonido de los disparos y los gritos de los soldados.

-Oye, el niño ese con el que hemos hablado.

-¿Filipo?

-Sí. ¿De qué le conoces?¿Va a tu clase?

-No, él va a un colegio de pago, y es un año más pequeño. Le conozco de su barrio, a veces voy a jugar al fútbol en un parque que hay cerca de allí.

David masticaba mientras le miraba fijamente, estaba claro que, a pesar de ser de la misma ciudad y del mismo país, aquellos dos niños pertenecían a mundos completamente diferentes.

-Me ha parecido un chico educado, deberías tener más amigos así.

-Bueno, es que es un poco pijo. Pero me cae bien.

-¿Por qué no te llama Ccesco?

-Por sus padres. Dicen que hay que llamar a la gente por su nombre, que los motes y apodos sólo los usan los delincuentes.

-Bueno, Ccesco es más un diminutivo cariñoso que un apodo. Otra cosa es si te llamaran el cadenas o el cuchilla.

El niño sonrió y se encogió de hombros, para él su diminutivo era también su seña de identidad entre los chavales del barrio.

-Pero me parece bien que le enseñen respeto.

-A veces se pasan- interrumpió.

-¿Por qué?

-Pues si saca malas notas o se porta mal le castigan, a las siete tiene que estar en casa, le llevan y le traen y casi no le dejan salir solo. Incluso cuando estamos jugando en el parque su madre está sentada vigilándole. Es un agobio, no sé cómo puede vivir así.

-¿Tu madre no te castiga?

Ccesco juntó los labios y negó con la cabeza, su madre estaba drogada la mayor parte del tiempo así que estaba ausente.

-¿A qué hora tienes que estar en casa?

-A ninguna, para eso tengo las llaves. Me meto cuando mis amigos.

-¿Ves eso bien?

-Claro, nadie me agobia ni me molesta.

-¿Crees que los padres de Filipo le castigan, le vigilan, y le ponen horarios para molestarle?

-No sé- dijo encogiéndose de hombros —supongo que no.

David quería hablarle de la educación, de la necesidad de un castigo, siempre moderado, ante una mala acción como forma de enseñar al hijo que, cuando creciera, la sociedad iba a castigarle si se saltaba las normas de convivencia. Los límites y horarios eran necesarios para proteger a un hijo. Quería contarle que los padres que realmente quieren a sus hijos se preocupan por ellos y a veces tienen que ser estrictos, cosa que al parecer no hacía su madre, pero después de pensarlo se contuvo por miedo a ofenderle de nuevo.

-Cada padre y madre educa como sabe y lo intenta hacer lo mejor que puede- es lo único poco comprometido que se le ocurrió decir.

Cuando terminaron de cenar pasearon por la galería comercial mientras comían un helado, al llegar cerca de donde estaba el toro dibujado en el suelo David se detuvo.

-¿Se te ha ocurrido algún deseo?

-Bah- exclamó el niño con indiferencia mientras saboreaba el helado.

David pagó al taxista y se bajaron del vehículo, Ccesco se acercó para despedirse con un abrazo. David hincó una rodilla en el suelo para recibirle porque ya no le hacía sentir tan raro, aquel pequeño había despertado en él un sentimiento paternal que en su vida había sentido.

-Mañana nos vemos- dijo mirándole fijamente a los ojos después de besarle en la mejilla.

-Sí- respondió Ccesco sonriente.

-Me alegra mucho que volvamos a ser amigos.

-Y yo.

Ccesco le dio un nuevo abrazo y después se marchó corriendo, seguido por la mirada de David que estaba contento de haber aclarado la situación y haber recuperado su amistad.

*

-¿Ccesco?

Su madre había escuchado la puerta y se levantó para comprobar la recaudación. El pequeño tragó saliva y respiró hondo al reconocer aquel tono de voz apagado, el que adquiría su madre cuando había mezclado alcohol con cocaína y buscaba bronca.

-¿Habrás estado trabajando?- preguntó parada al final del corto pasillo.

-Claro mamá- respondió el niño con un pequeño hilo de voz porque era consciente de que, cuando su madre estaba así, pasara lo que pasara iba a recibir algún golpe.

-Muy bien- sonrió Carola maliciosamente –acércate, dame el dinero.

El pequeño caminó cabizbajo sin atreverse a mirar sus ojos desorbitados inyectados en sangre, ralentizó sus movimientos para alargar el tiempo pero lamentablemente aquel pasillo era demasiado corto.

-No tengo todo el día.

Ccesco se metió la mano en el bolsillo y sacó los cien euros que previamente había separado, seguía teniendo en la cabeza su plan de ir reduciendo la entrada de dinero para lograr así que su madre no tuviera más remedio que consumir menos.

-Trae- exclamó arrancándole los billetes de la mano para contarlo -¿Qué mierda es ésto?

-Es lo mismo que ayer.

El niño cerró los ojos cuando su madre le arrojó los billetes a la cara.

-Esto es una mierda, ¿es que no la sabes chupar bien o qué?

-Si no tomaras drogas no tendríamos que hacer eso- dijo débilmente, sorprendido porque había escupido aquel pensamiento de forma involuntaria.

No vio venir su puño, cuando se quiso dar cuenta estaba tirado en el suelo boca arriba. Sentía la sangre ascendiendo por la cara para concentrarse en el ojo que comenzaba a hincharse y a latir al ritmo del corazón. Aunque estaba mareado se giró con dificultad, como una tortuga panza arriba, para intentar gatear hacia la salida mientras escuchaba los gritos enloquecidos de su madre en la lejanía.

Sintió un puntapié en el trasero que le hizo resbalar los brazos y chocar con la cara contra el suelo. La luz se empezó a difuminar porque de los ojos comenzaron a brotar lágrimas que le inundaban la pupila y le impedían ver con claridad. Se reincorporó sobre los brazos y siguió gateando hasta que logró reunir fuerzas para levantarse agarrando el pomo de la puerta. Sintió un golpe más en la espalda después de haber logrado abrir la puerta y salir al rellano entre gritos e insultos. Comenzó a descender escalones entre llantos desesperados, con el caminar tambaleante de un borracho que necesitaba la pared para apoyar el peso del cuerpo sobre el hombro y deslizarse con lentitud hacia la salida.

Por suerte su madre decidió no seguirle ya que se había dejado la botella sobre la mesilla del dormitorio. Se sentó en un jardín cercano para recuperarse del mareo y las náuseas, aprovechando para palparse la cara en busca de alguna herida sangrante. Se miró la mano al sentir humedad pero simplemente eran lágrimas. Continuó la exploración mientras intentaba controlar el llanto y notó que el ojo donde había recibido el puñetazo estaba bastante hinchado y caliente.

Después de unos minutos de desahogo inició un rápido recorrido por las calles en busca de un taxi.

Se tapó el ojo derecho para ver por el sano y miró a través de la cristalera para comprobar si había alguna oportunidad de pasar desapercibido. En la solitaria recepción estaba aquella mujer que le gustaba a David, parecía ocupada con el ordenador, frunció el ceño y entró con decisión, intentando aparentar la normalidad de cualquier cliente.

123

Angélica dirigió la vista hacia la entrada al escuchar la puerta y sonrió al ver a aquel pequeño con la camiseta del Milan.

-Hola.

El niño se asustó y aceleró ligeramente el paso al escuchar el saludo.

-Espera- dijo Angélica abandonando el mostrador.

Ccesco caminaba con la cabeza ladeada para ocultar las heridas mientras la mujer intentaba interceptarle poniéndose frente a él.

-Espera Franccesco.

El niño se detuvo en seco, sorprendido al escuchar su nombre, y se giró hacia ella.

-Oh, Dios mío- exclamó llevándose la mano a la boca -¿qué te ha pasado?

-Me he caído.

Angélica le condujo al despacho de la recepción, le ayudó a sentarse en la mesa y le trajo hielo envuelto en un trapo. Con la mano derecha le sujetó la barbilla mientras le aplicaba el hielo con la otra.

-No tiene muy buena pinta- dijo preocupada al ver que el ojo estaba casi cerrado por la hinchazón y tenía amoratado los párpados -¿quieres que avise a un médico?

Ccesco negó con la cabeza.

-Bueno, si mañana no ha mejorado irás al médico.

-¿Cómo sabes mi nombre?

-David me lo dijo, me ha hablado de tí, creo que te tiene mucho cariño.

-Ay- exclamó cuando Angélica retiró el hielo para comprobar una vez más el ojo.

-Perdona- lo colocó de nuevo y le miró al otro ojo —Ayer se puso muy triste. ¿Te cuento algo?

-Qué.

-Estuvo a punto de llorar por lo que pasó contigo, se sintió bastante mal. Pero intentó disimularlo, a los chicos os da vergüenza llorar delante de las chicas. Menuda estupidez- dijo negando con la cabeza antes de forzar la voz para agravarla –No estoy llorando, es que tengo alergia.

Ccesco sonrió por su mala imitación de la voz de David.

-No te rías que no lo hago tan mal.

Angélica cambió los hielos del trapo porque se habían empezado a derretir y lo estaban mojando.

-¿Te gusta David?

-¿Por qué lo dices?

-Os he visto hablar y ponéis cara de lelos.

La mujer sonrió por la sinceridad del pequeño.

-David es un cliente del hotel, y es mi obligación ser amable. Además, está de vacaciones, dentro de unos días se volverá a España.

Ccesco bajó la mirada pensativo por aquella revelación, ya sabía que se iban a separar pero no se había parado a pensarlo detenidamente.

-¿Puedo subir a su habitación?

-¿No deberías volver a casa?, es tarde.

-Hoy no quiero dormir en casa- dijo con un tono débil.

-Franccesco, eso te lo ha hecho tu madre, ¿verdad?

-¿Puedo dormir en la habitación de David?

Angélica suspiró y guardó silencio.

-Yo no te conozco ni te he dejado pasar, ¿de acuerdo?

Ccesco sonrió y se bajó de la mesa de un salto.

-Gracias- dijo antes de correr hacia el ascensor.

Esta vez insistió golpeando la puerta. Cuando David abrió se quedó paralizado al ver su delicada cara marcada por la barbarie.

-¿Puedo dormir contigo?

-Claro- David se echó a un lado cuando consiguió reponerse -¿Ccesco...?

-Ayer rompí el trato- interrumpió el niño mientras se sentaba en la cama.

-¿Pero qué te ha pasado?

-Bebí cerveza.

David se sentó a su lado y le agarró la cara con suavidad para ver mejor la hinchazón pero el pequeño se tapó el ojo con el trapo para evitarlo.

-Estaba enfadado- continuó hablando para evitar que le hiciera preguntas acerca del ojo –me encontré con unos del barrio y tomé cerveza.

David sonrió comprendiendo la incomodidad del niño que no quería hablar de lo que le había pasado.

-Bueno- dijo fingiendo normalidad –lo importante es que me lo has contado, eso significa que estás arrepentido.

Ccesco afirmó con la cabeza sin retirar la mano con la que sujetaba el trapo. David suspiró y se quedó mirándole fijamente en silencio, después se puso en pie.

-Ponte cómodo- invitó mientras iba al baño.

El pequeño se quitó el pantalón y la camiseta, besó el escudo, dejó la ropa en una silla y se metió en la cama.

-¿Por qué no duermes en calzoncillos y te acuestas con ropa?- se cruzó las manos detrás de la cabeza y comenzó a estudiar el techo comparándolo mentalmente con el del sucio hostal -¿No es incómodo?

David salió del baño secándose las manos en la camisa del pijama y se dirigió al armario que había junto a la cama.

-Pues verás, aunque este es un hotel bueno, no me fío de la limpieza- estiró el brazo para alcanzar una almohada de la parte superior –cuando duermo fuera de casa procuro llevar pijama. A saber quien ha dormido ahí antes que yo. Por mucho que laven las sábanas no me fío- sentenció cerrando las puertas del armario.

-¿Dónde vas?- preguntó Ccesco incorporándose.

-Yo voy a estar ahí- dijo señalando el sofá con la cabeza.

-¿Porqué?

-Ccesco, no creo que sea correcto.

-¿Porqué?

David se quedó en silencio, estaba condicionado por los pensamientos y hechos sucios de la sociedad.

-Aquí cabemos los dos- sonrió –aquí cabe un equipo de baloncesto. No quiero dormir solo.

David dejó la almohada en el sofá y se sentó en la cama.

-Me quedaré aquí hasta que te duermas, ¿de acuerdo?.

Ccesco, más tranquilo por su compañía, se tumbó de nuevo para continuar observando el techo, de repente la luz de la habitación desapareció quedando únicamente iluminada por el ligero resplandor artificial de las farolas de la calle.

-No apagues por favor- pidió girando la cabeza al notar que David se tumbaba a su lado.

Casi al momento David encendió la lamparilla de la mesa de noche.

-¿Te da miedo la oscuridad?

-No, pero a veces tengo pesadillas y me despierto. No me gusta que esté todo oscuro.

-¿Quieres que encienda la luz?

-No, la lámpara está bien. En mi cuarto tengo una pequeña tele y la dejo encendida.

David se quedó mirando el techo también, a la espera de que el niño conciliara el sueño, a él le iba a costar bastante más sin las pastillas.

-¿Qué pesadillas tienes?

-No sé, son sueños raros.

-¿Muertos?

-No sé.

-Cuando yo era un niño se me ocurrió ver una película de muertos vivientes, ya sabes, zombis- David sonrió con el recuerdo de su infancia –pasé unas noches muy malas. No dormía casi, dejaba la luz encendida y me pasaba la noche mirando debajo de la cama y dentro del armario. Me daba miedo dormirme porque pensaba que si lo hacía me iba a despertar con la habitación llena de zombis, sin escapatoria.

Ccesco giró la cabeza para mirarle a la cara.

-En mis sueños la gente está viva- dijo clavando la mirada en el techo nuevamente –a veces aparece mi madre. Está allí conmigo, todo va bien, pero de repente los ojos se le vuelven rojos, le salen colmillos, la cara se transforma en la de un monstruo, una especie de vampiro, y empieza a perseguirme. Por mucho que corro no me muevo, es muy raro- suspiró –y me despierto.

-Suele pasar en las pesadillas. Cuando duermes tu mente, mejor dicho, tu subconsciente toma el control. Es un poco extraño, pero es como si la mente estuviera dividida en secciones, dos de ellas son el consciente y el subconsciente. El consciente eres tú, por así decirlo, y el subconsciente es parte de tí que está dormida, en la que se guardan pensamientos o sentimientos que a veces no sabemos que tenemos. Cuando estás despierto el consciente lleva el control. Cuando duermes el consciente descansa.

-Entonces el subconsciente es malo, me obliga a tener pesadillas.

-No- sonrió David –el subconsciente guarda nuestros temores, nuestros deseos, o los pensamientos que el consciente no quiere retener o afrontar. Cuando dormimos, soñamos, a veces con cosas que nos han pasado, es una forma de afrontar los miedos, es lo que dicen los psicólogos, que cuando no hemos solucionado algo en la vida real el subconsciente nos da la oportunidad de intentar arreglarlo en un sueño para que nos sintamos mejor.

-Pues una pesadilla no te hace sentir mejor.

-Sí, la verdad es que te sientes mal pero cuando despiertas sientes alivio de volver al mundo real. Yo creo que una pesadilla es uno de esos sueños que te crea el subconsciente para afrontar un miedo, pero te pones nervioso y se te empieza a acelerar el corazón, cuando el cerebro siente que algo va mal en el cuerpo rápidamente despierta al consciente para que tome el control. No sé, eso pienso yo.

David se quedó pensativo durante unos segundos, reflexionando acerca de sus pesadillas infantiles, la verdad es que nunca se había parado a analizarlas.

-¿Sabes?, a lo mejor mis pesadillas hubieran acabado el primer día si hubiera sido más valiente en el sueño, pero eso es algo difícil de controlar.

-¿Por qué habrían acabado?

-Verás, yo vi aquella peli que me dio miedo, no quise hablar de ello, así que ese miedo se guardó en el subconsciente. Cuando me quedaba dormido mi subconsciente me obligaba a afrontar ese miedo en un sueño, me rodeaba de zombis y yo salía corriendo, y me asustaba tanto que me despertaba. Si en lugar de correr hubiera cogido una pistola y me hubiera liado a tiros a lo mejor no hubiera tenido que despertarme.

-¿Cómo te vas a liar a tiros? Ya están muertos, no les pasaría nada.

-Por eso corría- rió David girando la cabeza —porque no sabía cómo matarlos. Era un problema para el que no tenía solución. La verdad es que no vi la peli entera porque me dio miedo, si la hubiera visto hasta el final habría sabido cómo acabar con ellos, pero como no lo sabía me ponía a correr.

Después de unos minutos de silencio mirando al techo giró la cabeza para comprobar que Ccesco se había quedado dormido, vencido por el cansancio de las emociones. Se incorporó y se inclinó sobre su cara para observar atentamente la hinchazón del ojo. Negó apenado con la cabeza mientras le acariciaba la mejilla dolorida. El pequeño gimió suavemente y se movió buscando una posición más cómoda.

David se levantó para cambiarse al sofá, no creía conveniente dormir en la misma cama con un niño en calzoncillos, no con Ccesco, su estilo de vida creaba demasiadas connotaciones negativas a aquella situación, tal vez hubiera sido diferente si fuera su hijo o alguien de la familia. No quería ni imaginarse la reacción de aquel tipo del servicio de habitaciones que le miraba tan raro si entrara y descubriera esa escena.

Aunque le costaba conciliar el sueño por haber dejado aquella pastillas, cuando lo lograba era un sueño tan profundo que no escuchaba nada, como le había pasado hoy, que al levantarse había encontrado el desayuno servido. Seguro que el tipo del servicio de habitaciones había estado observándole y él ni se había dado cuenta.

Definitivamente no era buena idea dormir en la misma cama con Ccesco.

*

Allí estaba, como siempre que su madre necesitaba dinero, sentado en aquella callejuela solitaria por la que pasaba de vez en cuando alguna de las prostitutas de la zona. Si venían de algún servicio a veces se paraban a hablar con él, le daban algún beso, algún caramelo, bromeaban diciendo que estaba quitando muchos clientes, que era tan guapo que le preferían a una mujer, que tenía que aprovechar ahora porque a medida que creciera iba a tener menos clientes.

Esto último se lo decía también su madre, que había muchos hombres que buscaban niños pero que perdían todo el interés en cuanto crecían y les empezaba a cambiar la voz.

Un hombre cincuentón se acercó. No escuchó lo que decía pero tenía una expresión facial agradable.

Parpadeó.

¿Ya habían llegado a la habitación?, todo era un poco extraño. Ya estaba tumbado boca arriba, sin camiseta, aunque aún llevaba los pantalones puestos. Ccesco observó al hombre subir a la cama, tenía su cara a pocos centímetros.

Parpadeó.

El hombre había perdido la expresión agradable, no tenía expresión, no tenía cara. No había ojos, nariz, orejas, sólo una boca en la que todos los dientes eran colmillos puntiagudos y afilados. Era extraño pero por mucho que lo intentaba no podía moverse, estaba gritando pero no escuchaba su propia voz. Entre los dientes asomó una lengua bífida. Había estado con varios clientes pero nunca le había pasado esto.

La cara sin cara empezó a acercarse, sintió la lengua en su mejilla. Cerró los ojos deseando que aquello pasara, sintió la lengua deslizarse por su pecho hasta un pezón. Sintió un pinchazo, aquel monstruo le mordió el pezón, se lo arrancó provocando un chorro de sangre que le salpicó en donde tenía que estar la nariz y se deslizó hacia su boca, pasó la lengua por sus labios para saborearla.

Ccesco no sabía qué hacer. El hombre sin cara comenzó a morderle rápidamente por todo su torso desnudo, como si decenas de flechas se clavaran una y otra vez. El pequeño sentía desangrarse entre agudos pinchazos.

... gritaba pero no escuchaba su propia voz...

Ccesco se incorporó jadeando y sudando. Su mente se reconfortó de inmediato al ver aquel ventanal al fondo, lo reconoció al instante y se sintió seguro. La habitación de David. Miró a su alrededor en su busca pero no estaba en la cama, la única aliada cercana era aquella lamparilla que le protegía de la oscuridad con su tenue luz.

Respiró hondo para continuar buscando con la mirada hasta que por fin descubrió un bulto en el sofá delatado por la débil luz que entraba por el ventanal. Sonrió aliviado por tener cerca a David.

Después de ir al baño a orinar se acercó al sofá preguntándose por qué se empeñaba en dormir allí con lo amplia y cómoda que era la cama.

¿Es que no quería estar con él?

Ese pensamiento le pareció una estupidez así que negó con la cabeza intentando reprender a su cerebro, porque si David no quisiera estar con él no se alegraría tanto al verle cada día, y no se molestaría en pagarle para que le acompañara a jugar. No conseguía entenderlo, pero ahora le daba igual porque estaba demasiado cansado para seguir pensando en ello.

Se tumbó junto a él en el sofá haciendo un poco de fuerza con su cuerpo para conseguir un hueco hasta que lo logró. Apoyó la cabeza en su hombro y le puso el brazo en el pecho para sentir su respiración mientras cerraba los ojos. Estaba cansado así que intentó dormir de nuevo, ahora no tenía miedo, si volvía el hombre sin cara despertaría a David para que le protegiera.

Ocho

Cescco abrió los ojos y alzó ligeramente la cabeza para ver la cara de David. Volvió a apoyarla en su hombro y respiró hondo mientras se frotaba los párpados con la yema de los dedos. Cuando estuvo más despejado abrió los ojos nuevamente y alzó la cabeza para observar con más detenimiento su rostro.

-David- susurró.

Continuó contemplándole la cara, esbozando la sonrisa traviesa que solía asomar cuando tenía alguna ocurrencia.

-David- repitió.

Parecía profundamente dormido así que se levantó con cuidado. Observó la claridad del día a través de la ventana y luego se dirigió a su pantalón para buscar la traductora. Comprobó una vez más si David seguía durmiendo, parecía que no le despertaba ni un terremoto, por lo que se acercó a la mesilla y abrió el cajón. Allí estaba, el diario, Ccesco deseaba poder seguir leyendo los pensamientos de su amigo, sobre todo los que concernían a él. Emocionado, se sentó en la cama de un salto.

"Milán, 13 de Junio de 2009"

Hoy me he despertado tarde y bastante cansado, me había costado mucho dormir sin la medicación. Cuando me he levantado tenía el desayuno sobre la mesa.

He matado el tiempo tumbado en el sofá viendo la tele, estaba deseando que llegaran las cinco, tenía un nudo en el estómago por la incertidumbre de si volvería a ver al pequeño Ccesco.

Cuando he bajado a la calle no estaba, me he sentado a esperarle pensando qué decir. Mi corazón ha dado un vuelco de alegría al verle aparecer por la calle, parecía costarle el acercarse, me miraba disimuladamente, pero al final se ha sentado conmigo.

El pequeño Ccesco, siempre con su camiseta del Milan, aunque la lleva limpia no puede ocultar su deterioro, el rojo no luce tan brillante y el negro se diluye perdiendo la oscuridad, el escudo también parece difuminarse tras los numerosos lavados, y después esos pequeños rotos que han pasado a formar parte de la equipación.

Cuando he logrado contener la alegría con la ayuda de su frialdad inicial, me he disculpado, aunque le he intentado explicar que mis intenciones eran buenas, creo que es algo de lo que es consciente. Me ha abrazado y esta vez no me he sentido tan extraño, no me ha importado, tal vez el miedo a no verle más ha hecho que no me importara lo que pasaba alrededor.

Hemos pasado la tarde jugando al ordenador en un ciber, un juego de esos en los que manejas a un soldado y tienes que matar a todo el que se mueva. No es muy apropiado para su edad pero ya tengo asumido que no es mi responsabilidad educarle, solo disfrutar y pasar el rato, hacer que se olvide durante unas horas de los problemas que pueda tener.

En el ciber he conocido a Filipo, un niño de su edad, no he podido hablar con él pero me ha dado la impresión de que era muy educado.

Ccesco me ha confirmado mis pensamientos, aquel niño pertenece a un hogar donde reina el amor y la preocupación por la educación de los hijos. Aunque Ccesco tiene en la mente que aquella forma de educar es un agobio, una eliminación de la libertad personal, porque él entra y sale sin dar explicaciones y es algo que ve normal. Una vez más he reprimido mis pensamientos para no ofenderle, está claro que la forma en la que se está criando es una aberración fruto del desinterés de su madre, por muy bien que le parezca a Ccesco ese exceso de libertad, esa despreocupación, la carencia de horarios, límites y normas que cumplir, traerán consecuencias que comenzarán a aflorar en la adolescencia. Pero, una vez acostumbrado a una forma de vivir tan bohemia, es difícil intentar cambiar y perder esa libertad.

Ya estoy de nuevo dando vueltas en la cama sin poder dormir."

Ccesco sonrió al leer la última frase, le sorprendía la honradez de David en el cumplimiento de su trato, los adultos no solían ser así. Los adultos eran mentirosos, no cumplían las promesas, siempre regañaban a los niños por algo y después lo hacían ellos, Ccesco había podido comprobarlo con los padres de sus compañeros, muchos de ellos fumaban pero amenazaban a sus hijos con castigos si les pillaban haciendo lo mismo. Menos su madre, por lo menos en eso no era tan hipócrita, ella misma le daba cigarros y no le decía nada si bebía alcohol.

Pero David era tan extraño. No sólo le prohibía tomar cosas perjudiciales sino que predicaba con el ejemplo, aunque no pudiera verle. Ccesco se rascó la cabeza mientras miraba hacia el sofá, empezó a comprender que David le establecía aquellas prohibiciones porque se interesaba de verdad por él. No era como algunos clientes que había tenido, se acercaban sonrientes, con buenas palabras, frases dulces y besos que parecían cargados de amor pero que se desvanecían al terminar el sexo. Se despedían con "me ha gustado mucho" o "ha estado muy bien", nunca había escuchado lo que David le decía: "¿nos vemos mañana?".

La despedida de sus clientes le hacía sentirse tan mal, como si estuviera vacío. Sin embargo, aunque con David se sentía muy bien, nunca le decía una de esas frases aparentemente cariñosas, parecía incluso que no le gustaba abrazarle. Ccesco estaba confuso.

Se levantó para dejar el cuaderno en el cajón y se percató de que había algo más, el billete de avión a Madrid. Un sentimiento de profunda tristeza le atravesaba el corazón como una daga cuando alguna señal externa le hacía ser consciente de que pronto dejaría de verle. Estiró el brazo para coger el billete y comprobar la fecha del fatal desenlace pero antes de llegar a tocarlo se giró asustado.

-Servicio de habitaciones.

Ccesco cerró el cajón y fue hacia el sofá.

-David- susurró zarandeándole –David, están llamando.

David abrió los ojos aturdido y vio al niño frente a él.

-Hola Ccesco.

-Están llamando.

-Servicio de habitaciones- se escuchó de nuevo desde el pasillo.

David se llevó el índice a los labios para pedir al niño silencio mientras se levantaba.

-Un momento- gritó antes de señalar hacia el armario.

Ccesco corrió a esconderse pero debajo de la cama y asomó la cara para sacarle la lengua. David contuvo la risa y le chistó para recordarle que debía estar en silencio.

-Pase- invitó abriendo la puerta.

Allí estaba de nuevo, el detective frustrado empujando el carrito de la comida, otra vez dentro de la habitación haciendo su descarado recorrido visual en busca de algún indicio de delito.

-¿Dos trozos señor?

-¿Cómo dice?- preguntó David que se había quedado observando la cama para comprobar que el niño estaba bien escondido.

-Le preguntaba si hoy tenía hambre.

-Sí claro, pon dos trozos y dos platos- dijo encogiéndose de hombros cuando le miró levantando una ceja –manías.

-Claro, no hay problema.

Ccesco espiaba desde debajo de la cama con la mejilla apoyada en el suelo, sólo veía sus pies pero les tenía controlados. El carrito comenzó a moverse acompañado por las cuatro piernas hasta desaparecer de su ángulo de visión, aprovechó para arrastrarse hasta el baño mientras escuchaba a David despedirse de aquel tipo.

Por fin pudo deshacerse de aquel pesado, resopló aliviado, no quería ni imaginarse las explicaciones que debería dar si Ccesco hubiera hecho algún ruido que le delatara.

-Ya puedes salir- dijo al pasar frente a la cama.

Cuando entró en el baño el niño estaba de espalda orinando.

-Oh, perdona- se disculpó volviendo a la habitación.

-Puedes pasar- dijo girando la cabeza para intentar mirar hacia la puerta –no me importa.

David se sentó en la cama esperando a que terminara.

-Tranquilo, no tengo prisa.

Después de que comenzara a salir el agua de la cisterna apareció el niño por la puerta del baño.

-Ya he terminado- sonrió.

-Vale, en la mesa está el desayuno- informó mientras se dirigía al baño –puedes ir empezando, no tardo.

Ccesco se sentó y comenzó a comer de la tarta de chocolate.

-Ya estamos- dijo David sentándose a la mesa.

El niño frunció el ceño pensativo mientras le miraba fijamente.

-¿Sabes que hay tíos que me pagan por verme mear?

David carraspeó incómodo por la pregunta.

-¿En serio?

-Sí- afirmó el niño antes de dar un sorbo al café –incluso alguno me paga para que se lo haga encima.

David mostró un gesto de desagrado, miraba fijamente al pequeño que parecía querer compartir parte de su vida, como si él fuera psicólogo o algo parecido.

-¿Y lo haces?- preguntó para no cortar su desahogo.

-Claro- se encogió de hombros –si me pagan.

-¿No te da un poco de asco?

-La primera vez sí, me pareció un poco raro. Ahora ya no, me hace sentir un poco mejor.

-¿Y eso por qué?

-No sé, es como…- bajó la mirada intentando buscar la explicación –como si les pudiera pegar, como si les pudiera hacer algo malo.

-Creo que la palabra que buscas es humillar.

-Sí. Como si les estuviera humillando. Me hace sentir mejor.

David dio un sorbo al café y sonrió.

-Creo que ellos no lo ven como una humillación, en fin, hay gente para todo.

-Sí- Ccesco tomó otro trozo de tarta y continuó hablando después de tragar —hay tipos que me intentan tomar el pelo, se creen que como soy un niño soy idiota.

-¿No te quieren pagar o algo así?

-No es eso. Alguno trae una cámara de vídeo, cuando le digo que no quiero que me grabe me intenta convencer. Me dice que vamos a hacer una peli porno, que así practico y de mayor puedo ser actor.

-Ya. ¿Y graban?

-Sí, pero les cobro doble. Les digo- señaló al frente con la cuchara como si estuviera reprendiendo a alguien —si quieres grabar me pagas el doble, los actores ganan mucho dinero.

-Vaya, estás hecho un hombre de negocios- dijo David esbozando una amarga sonrisa.

-Claro- afirmó el niño con orgullo —yo mando.

-¿Sabes para qué quieren los vídeos?

-Me da igual

-Los cuelgan en internet, no deberías dejar que te graben.

-No creo que esos vídeos los vean mucha gente, es ilegal. Además, mientras me paguen.

-El dinero no paga todo.

-Ya lo sé, hay algo que no hago aunque me paguen el triple.

David le miró en silencio mientras Ccesco esperaba a que se lo preguntara.

-Yo no me lo trago- dijo por fin al ver que no le lanzaba la pregunta —eso es asqueroso.

David se aclaró la garganta, ya había tenido suficiente conversación al respecto así que decidió cambiar de tema, estiró la mano para tocar la hinchazón en el ojo del pequeño.

-Parece que está mejor, ayer tenías el ojo cerrado.

-Tu novia me dio hielo- se burló.

-No es mi novia- sonrió -¿Te lo hizo tu madre?

Ccesco se encogió de hombros evitando contestar.

-¿Porqué?

-No sé, seguramente tomó coca y whisky. Creo que está enfadada porque ya no tiene tantos clientes- el niño respiró hondo –la droga le está estropeando el cuerpo, antes estaba más buena.

-Pero no debería pagarlo contigo.

-No tiene a nadie más.

Ccesco se refugió en su tarta creando un incómodo silencio.

-¿A dónde quieres que vayamos?- preguntó David para sacarle de aquel momento de melancolía.

El niño le miró pensativo hasta que se dibujó una sonrisa en su rostro.

-¿Te cayó bien Filipo?

-¿Filipo?- arrugó la frente intentando recordar -¿El niño de los ordenadores?

-Sí. Dijiste que era muy educado.

-Sí, me pareció un buen chico, ¿por qué?

-Podemos ir a jugar a su barrio.

-¿Va a estar?

-Sí, los domingos va a misa con sus padres muy temprano, después se queda jugando en el parque mientras las madres cotillean.

David sonrió y afirmó en silencio pensando en lo que le esperaba, tendría que hacerse pasar por su tío delante de los padres de Filipo.

*

Estaban llegando, como Ccesco solía ir de memoria no se conocía el nombre de las calles así que caminaron durante un buen rato en busca del parque.

En la recepción del hotel ya habían hecho el cambio de turno, así que para salir de allí David había tenido que distraer al recepcionista para que Ccesco pasara desapercibido, por suerte un domingo tan temprano no había mucho movimiento en el vestíbulo.

Cuando vislumbraron el parque David sintió cómo el pequeño le cogía la mano.

-Allí está Filipo, recuerda que eres mi tío.

Mientras se acercaban David estudiaba la escena dominical, Filipo se cambiaba desesperadamente la ropa elegante de ir a misa por otra más deportiva para jugar con los demás niños que ya correteaban en el pequeño campo de fútbol, las madres y algunos padres se repartían en corros y en los bancos para charlar.

-¡Filipo!- gritó Ccesco levantando un brazo.

-Franccesco- sonrió mientras su madre le ayudaba a atarse la zapatilla.

Lo que le faltaba, la comunicación a gritos de los niños no era la mejor forma de pasar desapercibido.

-He venido con mi tío David.

-Hola- dijo alzando la mano para saludar a las tres mujeres del banco.

-Hola David- saludó amablemente Filipo antes de dirigirse a Ccesco -¿Qué te ha pasado?

-Me pegaron un pelotazo ayer, pero no es nada.

David sintió que la madre de Filipo le miraba desconfiada, clavando en él sus ojos claros sin apenas parpadear. Ccesco se alejó de repente con Filipo dejándole solo ante aquellas mujeres que parecían dispuestas al interrogatorio. La madre de Filipo era bella y esbelta, se notaba que se cuidaba, las otras dos mujeres eran más rechonchas, pero las tres llevaban vestidos elegantes y las caras bien maquilladas.

-¿Venís de misa?

Ya había empezado.

-No os he visto nunca por la iglesia.

-Bueno, yo no soy mucho de ir a misa.

-¿Por qué?

-¿Vas a la mezquita?

Mientras las dos mujeres indagaban, la madre de Filipo seguía mirándole en silencio.

-¿Qué?- David sonrió nerviosamente mientras buscaba a su pequeño acompañante con la mirada.

Allí estaba Ccesco despreocupado, entre risas, pasando la mano por la cabeza de Filipo para deshacerle el repeinado cursi que solía llevar. Y él mientras aguantando el tipo.

-¿Eres musulmán?

-No.

-Filipo me ha dicho que eres de España- dijo por fin la madre tomando la palabra —y que has venido de vacaciones.

-Sí.

-España está llena de musulmanes- interrumpió al instante una de las mujeres.

-Sí, y encima allí les dejan hacer lo que les da la gana- añadió la otra —están cambiando las iglesias por mezquitas y nadie dice nada. Que lo intenten aquí a ver si pueden.

-Señora- dijo David forzando una amable sonrisa —yo no soy musulmán, pero tampoco voy a misa.

-¿Porqué?

-La idea que tengo de religión va en el comportamiento y la actitud en la vida, no en los ritos.

-¿Qué quieres decir?- preguntó confusa una de las mujeres.

David respiró hondo, había venido a divertirse, si llega a saber que iba a acabar discutiendo con unas mujeres adineradas de religión hubiera ido a otro sitio con Ccesco.

-Les voy a poner un ejemplo, muchas veces a la puerta de la iglesia se colocan mendigos, veo a gente que acude a la liturgia muy arreglados y cuando pasan al lado del mendigo le miran asqueados. Entonces me pregunto, ¿de qué le sirve a esa gente ir a misa si después en la vida cotidiana no son buenas personas ni cumplen con algunos conceptos cristianos como la caridad?- las mujeres le miraban en silencio intentando aparentar tranquilidad aunque parecían ofendidas –A veces pienso que muchas de esas personas van al rito de la misa por tradición, o para lucir joyas. Yo prefiero no ir porque no me encuentro cómodo rodeado de tanta falsedad, el cielo se gana por la forma de comportarnos con los demás y con nosotros mismos, no por hacer la comunión y acudir todos los domingos a misa.

-¿Qué haces aquí todavía?- preguntó Ccesco antes de tirarle del brazo –vamos.

-Bueno, ha sido un placer.

-Vas en mi equipo- anunció el niño mientras se dirigían hacia el campo.

-No vuelvas a dejarme solo- susurró David –no paraban de hacerme preguntas raras.

El niño se rió, lo había hecho a propósito, conocía a aquellas mujeres y sabía que cuando se juntaban más de dos eran insoportables, sólo quería ver cómo se desenvolvía.

Por suerte en el campo no era el único adulto entre tantos niños porque un par de padres se habían animado a jugar. De vez en cuando se paraba a mirar con disimulo hacia el banco de las mujeres, tenía la sensación de que le estaban despellejando.

El tiempo pasó volando, pronto se acercaba la hora de comer y la gente empezaba a dispersarse.

-Bueno Filipo- dijo David exhausto –a ver si nos vemos otro día.

-Esperad un momento- ordenó antes de correr hacia donde esperaba su madre.

-Buf- exclamó Ccesco apoyando la cabeza sobre David.

-¿Estás cansado?- dijo colocando las manos sobre sus hombros.

-Un poco.

-Pues si quieres jugar en el Milan ya sabes, a entrenar más.

David observaba a Filipo hablar con su madre hasta que por fin se acercó sonriente.

-¿Queréis venir esta tarde a mi piscina?

Ccesco inclinó la cabeza hacia atrás para mirar a David.

-¿Quieres?

Se quedó pensativo un instante, no quería otro asalto contra aquellas mujeres, pero la mirada ilusionada del niño delataba su deseo.

-Sí.

-Genial, podéis venir sobre las cinco. Tú sabes donde es ¿no Franccesco?

-Sí.

-Nos vemos luego- se despidió Filipo antes de salir corriendo.

*

Ccesco prefirió comer en casa ya que tenía que coger el bañador y una toalla, a pesar de la invitación de David de comer juntos.

Abrió la puerta con cuidado intentando hacer el menor ruido posible ya que no sabía de qué humor se encontraría su madre. Cuando entró escuchó el sonido del televisor del salón.

-¿Ccesco?

-Sí mamá.

-Ven con mamá.

El pequeño respiró aliviado, cuando su madre fumaba marihuana entraba en un estado meloso, totalmente contrario al que le proporcionaba la cocaína.

Cuando entró en el salón Carola se incorporó para sentarse.

-¿Qué pasa?¿Ya no quieres a tu mamá?. Te pasas todo el día fuera de casa.

Ccesco recibió feliz su fuerte abrazo, después Carola le agarró por las mejillas y le dio un beso en la boca.

-¿Qué te ha pasado?- preguntó cuando se percató del morado del ojo.

Le pasaba siempre que mezclaba alcohol y cocaína, se le iba totalmente la cabeza, hasta el punto de no recordar nada de lo que había hecho.

-Me he peleado con un chico.

Mintió, sabía que no se acordaba de nada y no quería contárselo para que no se sintiera mal.

-Dime quién ha sido que le voy a patear el culo, a mi pequeñín nadie le toca- dijo abrazándole con fuerza.

-Ya me he ocupado yo.

-Muy bien. ¿Quieres comer?

-Sí.

Mientras Carola le servía la comida fue a buscar un bañador a su cuarto y guardó el dinero que le había dado David en su bote de Spiderman, observó con orgullo el interior antes de cerrarlo, nunca había tenido tantos billetes juntos.

-Mamá, me llevo una toalla.

Cuando llegó al salón se quedó observando desde la puerta cómo su madre estaba terminando de preparar la mesa, después de dejar una olla en el centro se sentó.

-Vamos, ¿qué haces ahí parado?

Ccesco sonrió preguntándose porqué no podría ser su vida siempre así.

*

Esta vez habían quedado frente al hotel una hora antes para poder llegar a las cinco.

David observó la cuidada fachada de los edificios que anunciaban el lujo de la urbanización.

-¿Estás seguro de que es aquí?

-Sí- dijo Ccesco mientras llamaba al telefonillo.

Nadie contestó, sólo sonó un pitido grave y monótono que les permitía el acceso.

-Es bonito.

Un gran jardín de césped muy cuidado cubría casi toda la parte central, los edificios lo rodeaban estratégicamente para proteger de miradas externas a los usuarios de la piscina situada en medio.

-Allí está- señaló Ccesco tirando de su mano.

Filipo saludaba haciendo señales con el brazo para que se acercaran.

-Hola, pensé que ya no veníais- dijo Filipo con su sonrisa eterna.

-Hola, poned la toalla aquí- señaló su madre.

David sonrió mientras colocaban sus toallas, aliviado porque estaba sólo ella, no había rastro de las otras cacatúas.

-¿Qué tal, habéis llegado bien?

-Sí, la verdad es que Ccesco se orienta bastante bien, yo me pierdo en las grandes ciudades, estoy acostumbrado a que me lleven.

-¡David!

Cuando giró la cabeza se dio cuenta de que Ccesco le llamaba desde el agua.

-Vaya- sonrió –sí que son rápidos.

-Sí, a Filipo le encanta el agua.

-¿Vienes?

-No, yo prefiero tomar el sol.

-A ver cómo te tiras de cabeza- retó al pequeño cuando se sentó en el bordillo.

-Mejor no.

-¿Te da miedo?- preguntó bajando el tono de voz para no avergonzarle.

Ccesco se encogió de hombros.

-Es que no sé y no quiero hacerme daño.

David sonrió condescendientemente y le hizo una caricia en la cabeza.

-No pasa nada. ¿Y en bomba sabes tirarte?

-Claro- dijo Ccesco levantándose rápidamente para mostrarle su habilidad.

-Muy bien- le animó cuando el niño corrió y se lanzó con todas sus ganas.

Después de un rato David se sentó en el bordillo a descansar. Hizo un recorrido visual, era una tarde de domingo idílica, algunos padres compartiendo el tiempo con sus hijos felices en la piscina o correteando por el jardín, se sintió un poco triste, tal vez estúpido, porque, debido a las prioridades que se había establecido en la vida, había cambiado todo aquello por las cuatro paredes de su oficina. Detuvo su mirada en Ccesco y sonrió. Al verle allí jugando con Filipo y otros niños parecía lo que realmente era, o más bien, lo que debiera ser, un niño inocente y feliz cuya única preocupación era disfrutar dejando de lado el dinero y la amargura.

-¡A merendar!

Varias madres se acercaron a la de Filipo con bolsas en las manos, provocando una estampida que dejó vacía la piscina al instante. Ccesco buceó hasta David y salió empujando el agua con los dos brazos para salpicarle.

-¿Qué haces aquí solo?

-Descansando. ¿Te lo estás pasando bien?

-Claro.

Sus ojos negros parecían haber cambiado, ya no eran esos pozos de tristeza donde te perdías si tenías la suficiente entereza para mirar fijamente, ahora estaban repletos de una brillante alegría que impedía el acceso a cualquier contratiempo.

-¿Qué hacéis?- preguntó Filipo con un trozo de chocolate en la mano –veniros con todos, hay pan, chocolate, batido y zumo.

Mientras los adultos se sentaron en un corro, los niños habían formado otro paralelo. David dudó qué lugar debía ocupar mientras se acercaban pero Ccesco le sacó de la incertidumbre cuando le agarró de la mano.

-Toma- dijo Filipo ofreciéndole una bolsa de plástico – coger lo que queráis.

David le pasó la bolsa a Ccesco y sonrió mientras se sentaba y miraba a su alrededor. Por un momento sintió que había vuelto a la infancia formando parte de aquel corro, era como uno de esos cumpleaños a los que iba de pequeño en los que los niños se apartaban para hablar de sus cosas.

Mientras masticaba el chocolate les escuchaba hablar de dibujos animados, superhéroes y fútbol.

-¿Y tú de qué equipo eres?- preguntó uno de los niños a David haciéndole regresar a la realidad.

-Del Madrid.

-¿Has estado alguna vez en el Bernabéu?

-Pues claro, si eres de Madrid y te gusta el fútbol, no puedes morirte sin haber ido alguna vez al Bernabéu o al Calderón, eso sería como un pecado mortal.

-¿Calderón?- dijo Filipo extrañado.

-Sí, el estadio del Atleti. ¿No me digáis que no conocéis al Atlético de Madrid? Es el tercer mejor equipo de España.

Los niños afirmaron al instante ofendidos por su duda.

-Lo que pasa es que el nombre del estadio no es tan conocido- se excusó Filipo.

-¿Seguro?- sonrió David –a ver, que otros equipos de España conocéis.

-¡Barcelona, Sevilla, Valencia!- comenzaron a decir con ímpetu, alguno incluso levantaba la mano al tiempo que gritaba -¡Villarreal, Mónaco!

-Qué dices, Mónaco es francés- reprendió Filipo al niño que había nombrado ese equipo.

David sonrió y guardó silencio ante el debate que habían montado los niños en un momento, le gustaba observar como defendían su punto de vista a gritos.

-Mónaco es un país.

-Pues no porque es una ciudad francesa.

La madre de Filipo se acercó para sentarse junto a su hijo al escucharles alargar las últimas vocales, adquiriendo el típico tono insidioso del que quiere llevar razón a toda costa, y que solía preceder a los empujones y las peleas.

-¿Todo bien?- sonrió hacia David.

-Mamá, ¿a que Mónaco está en Francia?- preguntó Filipo en busca de aliados.

-Sí.

-¿Lo ves?- dijo en tono burlesco hacia uno de los niños que le cuestionaban.

-Pero ¿a qué es un país?

-Sí- explicó finalmente –Mónaco es un país que está en Francia.

-¿Y por qué juega la liga francesa?. Todos los años juega contra el Lyon y el Marsella, esos son equipos franceses.

-Bueno, yo de fútbol no sé- respondió la madre mirando hacia David.

-Es verdad que Mónaco es un principado, una especie de ciudad-estado que está en Francia. No tienen federación ni liga propia, yo creo que no quieren porque hay otros sitios parecidos que sí tienen como Andorra o San Marino, ellos tienen selección y liga propia, aunque creo que nunca lograrán clasificarse para un mundial. En Mónaco tienen un equipo y prefieren jugar a nivel de clubes para poder fichar jugadores extranjeros y ser más competitivos, y parece que tienen un acuerdo con Francia para jugar su liga.

Los niños escuchaban atentamente la explicación mientras terminaban de merendar.

-¿Qué te gusta más? ¿Madrid o Milán?- preguntó Filipo.

-Las dos son ciudades bonitas pero creo que aquí tenéis más contaminación.

-Pero allí no tenéis el Duomo.

-Bueno, en Madrid no pero en Sevilla hay una catedral que es más grande.

-Para él todo lo que hay en España es lo mejor siempre- dijo Ccesco en tono burlesco y poniéndose la mano en un lado de la boca.

-¿Le has llevado a pisarle los huevos al toro?

-¡Filipo!- reprendió su madre.

-¿Qué?, es lo que se hace, ¿cómo quieres que lo diga?- se justificó sonriente mientras se encogía de hombros.

-Tienes que decir pisar los cojones- añadió Ccesco.

-Anda que tú lo has arreglado- dijo David acariciándole la cabeza mientras todos se reían.

Un par de niños se levantaron rápidamente y salieron corriendo para tirarse al agua.

-¡Marica el último!

De inmediato el resto de niños se levantó entre empujones y risas para imitarles. Ccesco se dio la vuelta al notar que David permanecía sentado.

-¿No vienes?

-No, voy a descansar un poco- dijo David sonriendo.

El pequeño frunció el ceño mirando a la madre de Filipo, después esbozó una traviesa sonrisa.

-Ten cuidado con mi tío, es un ligón.

David sonrió y cogió una bola de papel para lanzársela mientras corría para tirarse al agua.

-Franccesco marica, has sido el último- se burló un niño cuando asomó por fin la cabeza.

-¿No vienes mucho a ver a tu sobrino?

-¿Qué?, no, es la primera vez que vengo a Milán. Estoy bastante ocupado con el trabajo.

-Ya.

David se sintió incómodo con el silencio así que miró hacia donde estaban el resto de adultos.

-¿Vamos con todos?

-No, espera, me gustaría hablar contigo.

-Claro.

Comenzó a mover una mano nerviosamente golpeándola contra una pierna como si siguiera el ritmo de alguna canción.

-Creo que no me has dicho tu nombre.

-Es verdad, qué maleducada, me llamo Bianca.

-Encantado- dijo después de un silencio –yo soy David, el tío de Ccesco- sonrió con nerviosismo.

Reconoció al hombre que se acercó para sentarse junto a Bianca, era el que vino a recoger a Filipo en el local de los ordenadores así que dedujo que era su padre.

-Él es Carlo, mi marido.

-Hola- dijo estrechándole la mano.

-David- se arrancó Bianca por fin al sentir el respaldo de su marido –hace un par de años que conocemos a Franccesco. Un día vino al parque y se puso a jugar con Filipo.

-Nos sorprendió ver a un niño tan pequeño solo- interrumpió Carlo.

-Sí- prosiguió Bianca –pero cuando nos dijo de dónde era lo comprendimos. Después continuó viniendo, pensamos en prohibir a Filipo que le viera, pero se llevan muy bien.

-No queremos que nuestro hijo se junte con gente de Quarto Oggiaro, allí solo hay delincuentes y droga.

-Lo comprendo- afirmó David.

Sabía que estaban volcados en la educación de su hijo, que era algo muy delicado porque en unos meses las malas compañías podían estropear años de dedicación.

-Franccesco es un buen chico, por eso le permitimos a Filipo que siga viéndole, siempre que sea aquí cerca de nosotros. Tiene prohibido acompañarle o ir a buscarle a su casa.

-No nos interprete mal- dijo Carlo –intentamos educarle en el respeto y la tolerancia, pero le queremos y tenemos la obligación de protegerle aunque sea imponiendo normas que puedan ser contrarias a esa tolerancia. No es bueno que nuestro hijo se junte con gente de la que no puede aprender nada bueno. Ahora son niños y parece una tontería pero a medida que crecen aquella gente toma otros caminos que no queremos para Filipo.

-Lo veo bien- dijo David sin saber a dónde querían llegar.

-Nos estamos desviando de lo que quería hablarte- dijo Bianca –como te he dicho, le conocemos desde hace un par de años, aunque cada vez viene menos. Pero casi siempre trae alguna herida en la cara.

-Bueno, ya sabes cómo son los niños, siempre saltando, corriendo y haciendo el loco, son heridas normales- excusó David.

-Las rodillas peladas, moratones en las piernas, incluso algún esguince de tobillo, esas son las heridas más frecuentes de los juegos de los niños- sostuvo Bianca mientras Carlo afirmaba con la cabeza.

-Tú eres su tío y le quieres ¿no?

-Sí.

-Entonces puede que sea buena idea que te lo lleves un tiempo contigo- sugirió Bianca –no nos gusta meternos en la vida de nadie, pero Franccesco nos cae muy bien, y nos preocupa, es un buen chico y está claro que algo no anda bien en su casa.

-Ojalá yo pudiera hacer algo- David estaba deseando explicar la verdad pero se contuvo porque no tenía ningún derecho a desvelar las intimidades del niño –todo es más complicado de lo que podáis imaginar- suspiró –pero me alegro que haya alguien que se preocupe por él cuando me vaya.

Bianca y Carlo se miraron en silencio.

-Cuidado que estás mojado- rió David.

Ccesco había venido corriendo para abrazarle mientras Filipo hacía lo mismo con su madre.

-Vamos a hacernos una foto- dijo Filipo mostrando una cámara digital que había conseguido de uno de los padres.

Posaron alegremente todos juntos para varias fotos hasta que Ccesco se acercó a Filipo.

-Ahora hazme una sólo con mi tío- dijo con la ilusión de conservar algún recuerdo visual de David.

Filipo hizo la foto y le entregó la cámara a su padre.

-Ahora los tres.

*

David pagó al taxista, se bajó del coche y se dirigió hacia los escalones donde se había sentado Ccesco que permanecía con la mirada perdida melancólicamente en un punto indefinido.

-Se está haciendo tarde, será mejor que te vayas a casa- dijo mientras se sentaba junto a él.

El niño le abrazó hundiendo la cara en su hombro.

-¿Todo bien?

Cescco le miró y le dio un tímido beso en la boca para después volver a su hombro. David miró con nerviosismo a su alrededor deseando que nadie hubiera visto aquello, cuando

154

comprobó que las personas que pasaban por la calle seguían metidas en sus vidas, le acarició el pelo.

-¿Estás bien?

El pequeño le miró compungido, conteniendo el llanto.

-No te vayas- la voz entrecortada apenas dejó oír sus palabras.

-Ccesco- suspiró David mirando sus ojos húmedos que intentaban retener las lágrimas –los dos sabíamos desde el principio que esto iba a durar unos pocos días.

-No me dejes- volvió a decir antes de hundir la cara en su hombro y comenzar a llorar.

David le besó en el pelo mientras le acariciaba la cabeza con cariño.

-No me hagas esto.

Permaneció fundido con el niño esperando a que se desahogara completamente.

-Sabes que no puede ser.

Sintió dentro de su cabeza una nube que descargaba todo el dolor y la amargura de aquel niño en su cerebro, se encontró impotente, sin poder enmendar los caprichosos designios del destino.

Ccesco se calmó por fin retirando la cara para limpiarse con su amada camiseta del Milan.

-¿Estás mejor?- dijo sin quitar la mano de su nuca.

El pequeño asintió en silencio mientras sorbía la nariz e intentaba recobrar la compostura.

-Llorar es bueno, es un mecanismo que tiene el cuerpo para sentirse mejor.

Ccesco se encogió de hombros, cabizbajo, mientras David se sentía estúpido por no encontrar algo más agradable que decirle en este momento.

-¿Quieres que te acompañe a casa?

El niño negó en silencio forzando una sonrisa para mostrar que todo iba bien.

-¿Vas a venir mañana?

-Pues claro- dijo el pequeño, esta vez con una sonrisa más sincera –no te vas a librar de mí tan fácilmente.

Ccesco le volvió a besar y se levantó.

-Hasta mañana- se paró un instante a mirarle sonriente y después comenzó a correr.

*

Abrió la puerta con cuidado intentando pasar desapercibido. Volver a casa cada noche era como una especie de ruleta rusa a la que estaba condenado a participar, nunca sabía lo que le esperaba del otro lado de la puerta, si tenía suerte su madre estaba dormida por una dosis de heroína.

Oscuridad total. Esta noche parece que iba a tener suerte, encendió la luz y recorrió la casa para confirmar que su madre no estaba. Respiró aliviado y se dirigió a su habitación donde encendió la televisión, al amparo de su tenue iluminación se quitó la camiseta del Milan y besó el escudo antes de colocarla cuidadosamente sobre la silla. Las deportivas se las quitó con los pies y el pantalón lo arrojó a una esquina antes de taparse con la sábana.

Estuvo un rato mirando las grietas del techo antes de llevar su mano derecha bajo el calzoncillo para intentar masturbarse. Pero fue inútil, la tristeza que sentía le impedía pensar en otra cosa que no fuera la inevitable marcha de David. Se giró para acomodarse en posición fetal y comenzó a llorar hasta que su cerebro le ofreció una tregua mediante el sueño.

Nueve

Cuando se despertó fue a buscar a Paolo para invitarle a la piscina municipal. Él era un gran nadador y sabía tirarse de cabeza, incluso podía dar una vuelta en el aire antes de caer en el agua.

Paolo le guiaba sonriendo por el empeño que ponía su pequeño amigo en aprender a tirarse de cabeza.

-Vaya barrigazo- rió Paolo.

Ccesco salió del agua resoplando mientras se estiraba el bañador y se acariciaba la zona enrojecida.

-No te rías.

-Tienes que estirar los brazos ¿Se puede saber por qué te ha dado tan fuerte con esto?

-Es una apuesta- mintió Ccesco refunfuñando –tú atento que voy otra vez.

Pasó más de media hora hasta que Paolo pudo decirle por fin que lo había conseguido, aún así, el pequeño continuó un rato más por miedo a que se le olvidara la posición de entrada en el agua.

-Vas a ganar esa apuesta- dijo Paolo mientras caminaban hacia el barrio.

-Gracias por enseñarme.

-De nada, para eso están los amigos. Sabes que me puedes pedir lo que necesites.

-Paolo.

-Qué.

-Creo que puedo vender una de tus pistolas.

Paolo se colocó frente a él apoyando las manos en sus hombros.

-¿En serio?

-Sí- afirmó con orgullo Ccesco.

-Vaya, has encontrado un cliente antes que yo, eres bueno.

El niño hizo una mueca fanfarrona juntando los labios y se encogió de hombros.

-Dime donde puedo quedar con él.

-No, se la tengo que llevar yo.

-¿Por qué?

-Es un tío muy desconfiado, sólo puedo verle yo.

-Vale no hay problema, cuando lleguemos subimos a casa y te la llevas.

-¿El dinero…?

-Tú eres mi mejor amigo- interrumpió Paolo –confío en ti. Te la llevas y arreglamos cuentas cuando te pague, ya sabes que tú tienes tu parte.

Paolo apoyó el brazo sobre sus hombros para continuar el camino.

-Vaya con el pequeño Ccesco, es todo un hombre de negocios.

Ccesco pasó el brazo por su cintura.

-Paolo.

-Qué.

-Tú siempre vas a ser mi amigo, ¿verdad?

-Claro que sí, siempre vamos a estar juntos. Vamos a ganar mucho dinero y nos vamos a ir lejos del barrio.

-A la playa- sonrió Ccesco.

-Sí, eso suena bien, a Brasil.

-No, a España.

-¿A España?- preguntó extrañado, deteniéndose para mirarle fijamente.

-Sí, en España hay playa también ¿no?

-Claro- sonrió Paolo reanudando la marcha –nos iremos a España. Que se preparen, Paolo y Ccesco, los dos capos de Quarto Oggiaro ponen rumbo a España.

-Sí- sonrió Ccesco con satisfacción.

*

-Ccesco.

Esta vez fue David el que se acercó y le abrazó sin tapujos, a medida que se acercaba la hora de la despedida más necesitaba expresar su afecto hacia aquel niño que le había ganado el corazón.

-¿Cómo estás?- dijo después de besarle en la mejilla.

-Bien- sonrió Ccesco feliz y sorprendido por la muestra tan efusiva de cariño.

Ya no miraba a su alrededor como antes, el pequeño le había hecho entender en estos días que daba igual lo que los demás opinaran de uno, lo importante era vivir la felicidad del momento.

-Toma- dijo preparando el periódico entre las manos.

Ccesco le ignoró sin separarse de él para alargar el cálido momento el mayor tiempo posible.

-Bueno, ¿qué hacemos esta tarde?

El pequeño se encogió de hombros mientras se retiraba y guardaba disimuladamente el dinero en el bolsillo.

-¿Me quedaría bien?- Ccesco estiró una página del periódico para que la viera correctamente, en ella había una foto de Cristiano Ronaldo posando con la camiseta del Madrid.

-¿Qué?

-El blanco, ¿me quedaría bien?

-Claro- sonrió David –esa camiseta le queda bien a cualquiera.

Después de estudiar detenidamente la foto el pequeño le miró con una amplia sonrisa.

-¿Sabes una cosa?, si alguna vez el Madrid me quiere fichar yo aceptaré, así estaré cerca y podrás venir a verme todos los partidos.

David observó con tristeza los ojos brillantes y llenos de vida del niño, esperanzado en un futuro idílico pero poco probable.

-Claro. Aunque estuvieras en el Milan yo vendría a verte también- respondió para permitir que siguiera soñando con una vida mejor y no derrumbar sus ilusiones con una respuesta más realista.

-¿Jugamos al fútbol con Filipo?- sugirió después de doblar el periódico de nuevo.

-Claro, tienes que entrenar para llegar lejos.

Filipo era un niño bastante fácil de localizar ya que sólo frecuentaba dos lugares de ocio fuera de su casa, el parque o el ciber. Al parque siempre le acompañaba su madre que aprovechaba para charlar con las amigas y ponerse al día, sin embargo al ciber sólo le llevaban y recogían de la puerta porque ni su madre ni su padre aguantaban sentados allí dos horas, eso le gustaba a Filipo, con esa pequeña parcela de independencia era feliz.

-¡Filipo!- saludó Ccesco en cuanto le localizó.

-Ni se te ocurra dejarme solo- advirtió David apoyando la mano en su hombro.

Las había visto sentadas junto a Bianca, aquellas dos cotillonas que se empeñaban en que era musulmán por no ir a misa, no quería otro asalto con ellas.

-¡Hola Bianca!- gritó Ccesco levantando el brazo.

Sin moverse del banco las mujeres correspondieron al saludo.

-¿Quieres que nos acerquemos?- rió el pequeño consciente de lo mal que se lo hacían pasar a cualquiera cada vez que aquellas tres se juntaban.

-Ni se te ocurra- dijo David mientras alzaba la mano para saludar.

Ccesco había sufrido en persona la vergüenza con aquellas mujeres. Un día entró en casa de Filipo para jugar a la consola y mientras merendaban empezaron a hablar de los musulmanes, los judíos, y los ritos comunes. Nunca se le olvidará cuando a Filipo se le ocurrió preguntar qué significaba circuncisión, después de explicar su significado comenzaron a discutir sobre si era exclusivamente un rito religioso o si algunas personas lo necesitaban realmente, entonces fue cuando escuchó aquella palabra que nunca había oído pero que no se le volvería a olvidar, la fimosis. Aquellas mujeres se empeñaron en comprobar si ellos la tenían y no pararon hasta que lo consiguieron. Desde aquel día Filipo y él adquirieron el pacto de que se acercarían a ellas lo menos posible si estaban juntas. Fue un mal trago pero ahora se reía cada vez que se acordaba, sobre todo por la expresión de vergüenza que tenía Filipo mientras su madre le bajaba los pantalones.

-Venga- invitó Filipo desde el campo –vais conmigo.

-Ya no puedo más.

David se limpió el sudor de la frente con una servilleta de papel que llevaba en el bolsillo y se sentó a descansar en una esquina.

-Cada vez aguantas menos- se burló Ccesco acomodándose a su lado.

-¿Quieres que vayamos al Duomo a tomar un helado?

-¿Se puede venir Filipo?

-Claro, si su madre le deja y no viene ninguna de esas dos harpías.

-No jodas, si quieren venir yo salgo corriendo- dijo Ccesco girando la cabeza hacia el banco para comprobar que seguían allí, después levantó el brazo para llamar a su amigo -¡Eh, Filipo ven!

-¿Qué hacéis aquí?- preguntó antes de inclinarse y apoyar las manos en las rodillas para recuperar el aliento.

-¿Te vienes a la plaza del Duomo?

-No sé si me dejará mi madre.

-Dile que vamos con mi tío, tomamos un helado y volvemos.

-Se puede venir ella si quiere- sugirió David.

-Pero las otras dos no- añadió Ccesco levantando el dedo índice.

-Sí hombre, esas son capaces de bajarnos los pantalones en medio de la plaza- rió Filipo, después salió corriendo a consultar con su madre.

Mientras Filipo hablaba con Bianca, el niño le explicó a David la experiencia de aquel día entre risas, describiendo con detalle la cara de su amigo.

-¿En serio os hicieron eso?- se carcajeó mirando con disimulo hacia el banco –mejor no me acerco por si quieren comprobar si estoy circuncidado.

Ccesco se rió imaginándose a David corriendo delante de las mujeres.

-Vamos- se acercó corriendo Filipo con alegría –mi madre se queda.

*

Mientras saboreaban el helado se sentaron a observar cómo la gente realizaba el ritual de pisarle los testículos al toro.

-Menuda tontería- exclamó Ccesco frunciendo el ceño y negando con la cabeza.

-¿Por qué?- preguntó Filipo —es gracioso.

-No me digas que tú crees en eso- dijo el niño mirándole con superioridad, no podía creer que su amigo, al que tenía por un chico inteligente, confiara en eso.

-¿Por qué no?- Filipo se encogió de hombros sintiéndose intimidado por su mirada.

-¿Por qué se va a cumplir algo que quieras si le pisas los cojones a un toro dibujado en el suelo? ¡Menuda estupidez!

-Bueno, pero es divertido.

-A veces hay que tomarse la vida con humor- intervino David cuando notó que Filipo estaba acorralado y no sabía qué decir —muchos turistas vienen y lo hacen por pasarlo bien y reírse, no porque crean realmente que se va a cumplir el deseo.

Ccesco chupó pensativo el helado mientras recordaba la conversación con el Quemao.

-La vida no es un juego- dijo en tono solemne —hay que tomársela en serio.

-¿Y qué pasa si se cumple?- preguntó Filipo que se mostraba más optimista.

-¿Tú has pedido algún deseo?- sonrió David.

-Claro, siempre que vengo con mis padres pido un deseo.

-¿Qué has pedido?

-No puedes contarlo o no se cumplirá- advirtió David.

-Qué más da- Ccesco se encogió de hombros para restar importancia —de todas formas no se va a cumplir.

-¿Qué pierdes por intentarlo?- preguntó Filipo.

-Bien dicho, ¿te acuerdas Ccesco lo que te dije de la lotería?, es casi imposible que toque pero si no compras un boleto no hay nada que hacer. Esto es como la lotería pero participar es gratis.

-¿Vamos?- dijo Filipo para animarle.

Cuando Ccesco negó en silencio con la cabeza David comenzó a hacerle cosquillas.

-¡No!¡Para!- suplicó entre risas -¡Que me tiras el helado!

-Bueno, ¿seguro que no te animas?- preguntó finalmente David.

-No.

-Si te da vergüenza venimos a una hora que haya menos gente- propuso Filipo, dispuesto a que su amigo lo intentara.

Ccesco se encogió de hombros y se concentró en su helado.

-Oye Filipo, ¿ya te has pasado las fotos al ordenador?

-Sí, se me había olvidado decírtelo, te las he enviado a tu correo electrónico.

-Genial.

Mientras se terminaban el helado continuaron observando en silencio el ritual del deseo y el toro, Filipo se inclinó para susurrarle al oído.

-Cuando quieras venir te acompaño, pruébalo. Si pides un deseo y crees mucho, mucho, mucho, se acabará cumpliendo- dijo con convicción real de que sucedería.

-Vale, otro día- afirmó Ccesco por fin para que dejara de insistirle.

Diez

Lo primero que hizo Ccesco al levantarse fue ir al ciber para conectarse a su cuenta de correo electrónico y visualizar las fotos que le había mandado Filipo. Sonrió con melancolía recordando el día en su piscina. Necesitaba esas fotos para tenerlas en casa y que iluminaran su vida en los momentos de tristeza, pero no quería imprimirlas en papel normal para evitar su pronto deterioro así que compró un cd y las grabó para llevarlas a un lugar especializado y que se las plasmaran en papel fotográfico, además pensó en hacer copias para David así le recordaría cuando se sintiera solo en España.

Sentado en la cama las miró una y otra vez, prestando mayor atención a su preferida, aquella en la que salían sólo ellos dos, David y él posando juntos en una imagen que deseaba que fuera perpetua.

Esbozó una media sonrisa amarga y guardó las fotos en su caja de Spiderman junto al dinero. Aquella caja infantil atesoraba lo más importante de su vida: dinero y recuerdos felices. Por primera vez había tenido un momento de felicidad plena y absoluta y, gracias a Filipo y su gusto por las cámaras, podría rememorarlo el resto de su vida.

Al ver el dinero se acordó de Paolo. Dejó cien euros en la mesa del salón para su madre y salió de casa.

Era mentira que hubiera encontrado a alguien para vender la pistola, la había comprado para regalársela a David, seguro que le gustaría y además podía demostrarle que él se dedicaba a varios negocios, no sólo sexo, y que era un tío importante, una especie de capo.

Sí, esa era una de sus aspiraciones aparte de ser futbolista. Un capo de la mafia era alguien importante, respetado y temido, que ganaba mucho dinero sin esfuerzo. Él no tenía miedo a la muerte ni a la policía, además contaba con la amistad y el apoyo incondicional de Paolo que ya era temido y respetado entre jóvenes, adolescentes y niños, una especie de mafioso juvenil de barrio con una carrera prometedora en el mundo del crimen.

Ccesco alzó la vista al llegar a la casa abandonada, en el descampado estaban Musta con su perro y Alexander. Le odiaba.

Alexander era un quinceañero de origen búlgaro que siempre se metía con los niños más pequeños, era muy inseguro y necesitaba afianzar su personalidad y mostrar autoridad. Sin embargo nunca se atrevía a meterse con él en presencia de Paolo porque sabía que se podía buscar un lío. A Paolo no le gustaban este tipo de abusos y menos contra Ccesco hacia el que sentía un cariño especial y protegía como si fuera su hermano pequeño.

-Hola- saludó el niño mirando a Musta.

-Mira.

Cuando Musta se aburría se dedicaba a tomar el pelo a su perro. El joven animal siempre tenía ganas de jugar, miraba expectante a su dueño mientras éste le mostraba un palo, después lo lanzaba y cuando el perro estaba a punto de llegar frenaba la correa para impedir que pudiera avanzar mientras le incitaba a cogerlo.

-Mira que es tonto- rió Alexander viendo al perro desesperado intentando alcanzar el palo que tenía a medio metro.

-Pobrecillo- dijo Ccesco –no seas cabrón.

-Así aprende que en esta vida no siempre va a tener lo que quiere.

Cuando Musta se cansó de aguantar los tirones de la correa permitió al perro alcanzar el palo.

-¿Has visto a Paolo?

-¿Para qué?- preguntó Alexander.

-No estoy hablando contigo- respondió Ccesco frunciendo el ceño.

-¿Quieres que Paolo vaya contigo?, no creo que le interese, él ya gana dinero de otras formas.

El niño miró con preocupación su sonrisa malvada, la que mostraba cuando se metía con los pequeños.

-Oye Ccesco- continuó sin perder su expresión de maldad -¿a los amigos nos haces descuento?

Se había enterado y no podía parar de preguntarse cómo. Alexander era así, nadie sabía cómo lo hacía pero siempre estaba al tanto de todo, incluso se enteraba de los movimientos de la policía antes de que actuaran y avisaba cuando se iba a hacer un registro, gracias a ello obtenía regalos de los camellos, nunca le faltaban porros o cocaína.

-Respóndeme, ¿por cuánto se la chupas a un amigo?

Ccesco tenía la mirada clavada en él, con la respiración agitada, preocupado porque Alexander, aparte de imbécil, era un bocazas y pronto lo sabría todo el barrio.

-¡Cállate!- gritó antes de lanzarse contra él y comenzar a darle puñetazos mientras Alexander se cubría entre risas.

-Tranquilo Ccesco que está de broma- dijo Musta sujetando al pequeño.

Ccesco lloraba cegado por la ira y forcejeaba intentando librarse de los brazos de Musta para poder pegar a Alexander.

-¡Venid rápido!- dijo un chico que pasó corriendo junto a ellos, seguido por varios jóvenes más.

-¿Qué pasa?- preguntó Alexander curioso como siempre.

-¡El Quemao!¡ha sido el Quemao!- gritó el chico antes de continuar su carrera.

Ccesco se secó la cara con la mano y comenzó a correr para seguir a todos.

Cuando llegaron cerca de la tienda del Quemao había un gran número de personas agolpadas tras un cordón policial custodiado por media docena de policías, y una ambulancia junto a la puerta a la espera de recoger al herido.

Ccesco se abrió paso a empujones entre la gente hasta lograr colocarse en primera fila para intentar ver el interior de la tienda. Guiñó los ojos para agudizar la vista y le vio. Salvattore estaba sentado con los codos apoyados en el mostrador y tapándose la cara con las manos, parecía estar llorando mientras un policía que había a su lado le consolaba apoyando la mano en su hombro.

De repente se abrió la puerta de la tienda y aparecieron los miembros de la ambulancia empujando una camilla tapada con una sábana ensangrentada en la que se dibujaba la figura inerte de un cadáver.

Se le cortó la respiración cuando reconoció aquella zapatilla blanca con el símbolo de Nike bordado en negro, al instante le vino a la mente imágenes del día en que le acompañó a robarlas dos meses atrás.

Aquellas zapatillas eran populares y estaban bastante extendidas por lo que tenía que comprobar si su presentimiento era correcto. Miró a su alrededor y aprovechó la relajación de la policía que pensaban que la situación estaba bajo control y charlaban en parejas. Se agachó para esquivar la tira de plástico y corrió con todas sus ganas hasta la camilla para poder ver la cara del muerto y confirmar su temor.

-¡Eh chico!- en cuanto se percató uno de los policías salió corriendo hacia él.

Antes de que lo interceptara por el hombro logró levantar la sábana.

-¡Es Paolo!- se escuchó entre los jóvenes de Quarto Oggiaro mezclados en la multitud -¡han matado a Paolo!

Ccesco dio un paso atrás impresionado por la visión del rostro inexpresivo y amarillento de su amigo, nada que ver con esa expresión de felicidad que tenía grabada en la memoria. El policía le miró y comprendió la situación.

-¿Era amigo tuyo?- preguntó colocando la mano en su nuca para intentar reconfortarle.

El pequeño permaneció en silencio con la mirada cargada por el llanto a punto de explotar.

-Lo siento- continuó al notar el estado de shock del niño – Tenía una pistola y el dueño de la tienda se defendió.

Al parecer Paolo había cambiado de idea y el susto que quería meter al Quemao se convirtió en un atraco a mano armada, había cruzado esa línea de la que hablaba Salvattore, que no estaba para bromas y se tomaba la vida muy en serio, y lo había demostrado.

-¡Asesinos!- los gritos aumentaban entre los jóvenes que habían venido a curiosear y estaban cabreados al descubrir que el muerto era un chico de su barrio, pero no un chico cualquiera, era el respetado Paolo -¡Hijos de puta!

La gente empezó a dispersarse rápidamente al ver que el número de jóvenes exaltados aumentaba y que empezaron a lanzar piedras a la policía y al escaparate.

-¡Lo vais a pagar!¡asesinos!

Los policías desenvainaron las porras de modo instintivo pero se refugiaron de inmediato en el interior de la tienda a la espera de refuerzos para recuperar el control de la situación que se había desbordado con gran rapidez.

Para Ccesco el mundo se ralentizó. Su corazón, agujereado por las numerosas puñaladas recibidas en su corta vida, se rebelaba acelerando de forma descontrolada su ritmo, y en su cabeza sentía mareos que amenazaban con tirarle al suelo sin compasión. Sus ojos captaban las imágenes a cámara lenta, la gente corriendo, la piedra que caía sobre el hombro del policía que tropezaba y caía al suelo, el cristal reforzado del escaparate fragmentándose ligeramente, dibujando manchas blancas agrietadas en las zonas donde impactaban las piedras una y otra vez...

El sonido era lejano y con eco, como si escuchara algo que sucedía al final de un kilométrico túnel, mezclando los insultos de los chavales con la sirena de la ambulancia que se marchaba buscando huir de la turba encrespada. A través de sus lágrimas vio la imagen borrosa del dolor mostrado por sus amigos en forma de piedras y gritos, muestra de que a Paolo no sólo le quería él.

Cuando las lágrimas despejaron sus pupilas para buscar el recorrido que tantas veces habían hecho en sus mejillas, comenzó a correr con todas sus fuerzas para alejarse de allí mientras el mundo retornaba a su velocidad y los sonidos volvían a escucharse con claridad.

*

El teléfono le hizo despertar sobresaltado. Miró el reloj mientras el timbre insistente le taladraba la mente aún somnolienta.

-¿Sí?

-¿Señor David?

-Sí.

-Le llamo de recepción, aquí hay una persona que pregunta por usted.

-¿Por mí?

-Sí, un niño… debería bajar rápido porque parece que no se encuentra muy bien.

-Voy ahora mismo.

Cuando llegó al vestíbulo había dos empleados del hotel junto a un sofá interesándose por Ccesco que estaba tumbado en posición fetal. David se arrodilló y le tocó la cara húmeda por el sudor, su pequeño cuerpo temblaba con tanta fuerza que parecía mover el enorme sofá blanco que adornaba el vestíbulo.

-Ccesco, mírame.

El niño tenía los ojos abiertos pero la mirada vacía, sus pupilas estaban fijas y no respondían a ningún estímulo. Su mente parecía haber abandonado el cuerpo que ahora funcionaba indefenso de forma autónoma.

-Tiene fiebre- dijo David posando la mano en su frente sudorosa -Ccesco, dime algo.

David le agarró con firmeza y le cogió en brazos, el pequeño se agarró a su cuello instintivamente, apoyando la cara en su hombro.

-Voy a llevarlo a mi habitación, ¿pueden avisar a un médico?

-Claro.

David le susurraba al oído para tranquilizarle con su voz mientras sentía su cuerpo tembloroso, la camiseta empapada en sudor, y un extraño y repetitivo gemido que mantuvo durante todo el trayecto hasta la habitación.

Le tumbó con cuidado en la cama y el pequeño de inmediato se encogió llevando las rodillas hasta el pecho. David observó de nuevo con preocupación sus pupilas ausentes de la realidad, sus ojos ni siquiera reaccionaban a un chasquido cercano de sus dedos.

El gemido continuaba pero era más débil. Cuando le estiraba las piernas para quitarle las zapatillas el niño luchaba con fuerza para recuperar su posición defensiva.

El médico no tardó en llegar.

-Quítele el pantalón y todo lo que pueda oprimirle.

Mientras el médico rebuscaba en su maletín David obedeció, le costó quitarle la ropa porque el niño se revolvía como un animal herido para retornar a su posición fetal.

-Tranquilo Ccesco, soy David.

El doctor se sentó junto al pequeño y comenzó a auscultarle con el estetoscopio. Después de unos segundos dejó el aparato sobre la cama y empezó a estudiarle las pupilas con la ayuda de una pequeña linterna.

-¿Sabe qué le ha pasado?- preguntó el hombre guardándose la linterna en el bolsillo de la chaqueta mientras le pasaba la mano por la frente.

-No, le hemos encontrado así. ¿Qué le ocurre?

-Tiene una crisis de ansiedad, está en estado de shock.

-Pero ¿porqué?, ¿tiene arreglo?

-Es sencillo de explicar. Algo malo le ha pasado y su mente no ha sido capaz de asimilarlo así que se ha bloqueado.

-¿Y la fiebre?

-Bueno, el cuerpo está confuso porque su centro de control está bloqueado así que reacciona irracionalmente, el corazón y la respiración se aceleran, sube la temperatura, puede tener calambres y hormigueo.

David estaba asustado pero se calmó al mirar al médico que revolvía con serenidad en su maletín mientras hablaba, pensó que si fuera algo grave aquel hombre estaría nervioso.

-El ser humano es como una máquina, la mente como un ordenador- dijo mientras preparaba una jeringuilla –cuando se bloquea hay que reiniciar. Le voy a inyectar un calmante para que se duerma y deje de pensar en lo que sea que haya visto. Cuando el cerebro se relaje todo debería volver a la normalidad.

Después de pincharle guardó la jeringuilla en el maletín y sacó un cuaderno con un bolígrafo enganchado a los muelles laterales.

-Debe controlarle, si cuando se duerma la fiebre continúa subiendo llévelo al hospital de inmediato- el médico hablaba al tiempo que escribía en el cuaderno –para evitar que tenga que explicar nada allí le voy a hacer este informe, entréguelo al llegar así ganarán tiempo.

Después de unos segundos de escritura alzó la vista para mirarle.

-Nombre del niño.

-Cces... Franccesco.

-Franccesco, ¿qué más?

-No sé.

-¿No sabe sus apellidos?

-No, yo no soy de la familia.

El médico le miró pensativo para después retomar la escritura.

-Bueno, debería contactar con algún familiar- dijo arrancando la hoja para entregársela –si va al hospital le van a pedir los datos completos.

-Sí, por supuesto.

El médico recogió su material, miró de nuevo al niño para comprobar si el calmante le empezaba a hacer efecto, y se despidió de David mientras le acompañaba a la puerta.

*

Ccesco abrió los ojos y vio a David, sintió cómo le pasaba un trapo húmedo por la frente.

-¿Qué haces aquí?- dijo con la voz débil.

-Eso debería preguntarte yo a ti. Estás en mi hotel.

El pequeño cerró los ojos intentando recordar. Se acordaba de haber corrido sin parar, la última imagen que tenía en la mente era la de varias personas acercándose a su alrededor.

De nuevo sintió el paño húmedo en la frente y el cuello por lo que abrió los ojos.

-Hola- sonrió David nuevamente -¿estás aquí o no?

El pequeño le correspondió mostrando una sonrisa de agradecimiento.

-¿Y mi camiseta?- preguntó con preocupación al posar la mano en su pecho y sentir el torso desnudo.

-Tranquilo, está en el sofá. ¿Estás mejor?

-Sí. Tengo hambre.

-He pedido que suban la cena, ya está servida en la mesa, estaba esperando a que despertaras.

-¿La cena? ¿qué hora es?

-Son casi las diez, has estado dormido todo el día.

El niño hizo un intento vano por incorporarse pero un mareo le hizo caer sobre la almohada.

-Me duelen un poco las piernas y los brazos.

-Debes tener aún los músculos relajados por el calmante que te ha inyectado el médico.

-¿Ha venido un médico?

-Sí, me has dado un buen susto, he tenido que bajar a buscarte a la recepción porque no podías moverte.

El pequeño giró la cabeza avergonzado.

-Lo siento.

-¿Por qué?

-Ahora ya saben que estoy aquí.

-Me da igual- sonrió David –aunque puede que me cobren más porque la reserva era para una persona. Les he dicho que eras mi sobrino y con la tensión del momento no se han parado a pedir datos ni a comprobarlo.

David se inclinó, colocó los brazos tras sus rodillas y su cabeza, y le levantó para llevarle a la mesa.

-Vamos a cenar ya, he pedido carne para que recuperes fuerzas, y como se enfríe más no se podrá ni masticar- bromeó mientras agarraba un tenedor y un cuchillo para acercarse al plato del niño.

-Yo puedo- dijo el pequeño cuando intentó cortarle el filete.

Después de entregarle los cubiertos se acomodó para comenzar a cenar.

-Ccesco, ¿qué es lo que ha pasado?

-No sé, tenía un poco de fiebre, me habré resfriado de la piscina.

David le reprendió con una mirada seria.

-Tenías una crisis de ansiedad, no un resfriado. ¿Qué te ha pasado?

-Nada- respondió encogiéndose de hombros –sólo fiebre.

-Ya. Bueno, espero que se solucione lo que haya pasado.

Ccesco comenzó a masticar mientras bajaba triste la mirada pensando que era imposible solucionar lo que le había sucedido a Paolo. Aún se sentía como si estuviera en un mal sueño del que no lograba despertar, sabía que todo el mundo debía morir tarde o temprano pero nunca había sentido la muerte tan cerca, era la primera vez que un amigo al que consideraba como alguien de la familia moría de una forma tan repentina.

Intentó no pensar más en ello, quería que el recuerdo que permaneciera de Paolo en su mente fuera el del amigo protector, cariñoso, alegre y lleno de vida, el que le había enseñado a montar en bici, conducir, robar, forzar puertas y cerraduras, y lo que más le gustó, a disparar.

-Tengo un regalo para ti- dijo recuperando la sonrisa.

-¿Sí, qué es?

-Es una pistola, está en mi casa.

-¿Una pistola?- preguntó David esbozando una sonrisa al pensar que se refería a una pistola infantil de luces y sonidos.

-Sí, nueve milímetros parabellum con silenciador.

David frunció el ceño sin saber aún si el pequeño bromeaba.

-¿Una réplica?

-No una de verdad.

-Te agradezco el regalo pero no necesito un arma. Además me podría meter en un lío si alguna vez la tuviera que usar.

-Pero, ¿y si alguien entra a robar a tu casa?

-En España no es como en Estados Unidos, hasta la propia policía te dice que no te enfrentes, si matas al delincuente vas a la cárcel así que tienes que dejar que te pegue, que viole a tu mujer y que se lleve todo por lo que has trabajado.

-¿Aunque estés dentro de tu casa?

-Sí. Y si el delincuente es extranjero ni se te ocurra hacerle daño porque te meterán en la cárcel por racista y tendrás que pagarle una indemnización a su familia, además, si tiene mujer, es probable que le otorguen la nacionalidad y le den un piso de protección.

-Venga ya- sonrió Ccesco –no me tomes el pelo.

-No, en serio.

-¿Y la gente no protesta?

-Pues no mucho, la gente tiene miedo porque al que se atreve a protestar enseguida sale en las noticias y le llaman racista, fascista y nazi. Así que la gente, por miedo o vergüenza, se calla y se limita a rezar para que no les pase nada a ellos cuando van a trabajar o a sus hijos cuando van al colegio.

-Si está tan mal España ¿por qué quieres volver?

-Por muchos motivos- dijo David pensativo –no sé, allí tengo mi trabajo, mi casa, mis amigos. Además, es algo difícil de explicar, puedo viajar por vacaciones a cualquier lugar del mundo pero después de una semana echo de menos mi ciudad.

-Pues yo no.

David se levantó cuando vio que el niño había terminado.

-Espera que te ayudo.

-No, ya estoy bien- dijo Ccesco mientras se incorporaba apoyándose en la mesa.

-Bueno.

El niño se dirigió lentamente a la cama y se tumbó boca arriba apoyando la cabeza en las manos.

-Pues aquí, si alguien entra a robar a tu tienda, le matas y no pasa nada.

El pequeño, al escuchar sus pasos, cambió de postura para tumbarse de un costado y poder así observarle mientras se cambiaba, normalmente le daban asco los cuerpos de los hombres, nunca se le ocurriría espiar a uno de sus clientes mientras se quitaba la ropa, sin embargo ahora no podía apartar la mirada.

-Este es un mundo de locos- dijo poniéndose la ropa sin percatarse del estudio visual que hacía el niño de su cuerpo –lo normal sería que no hubiera armas ni ladrones, que se educara a todo el mundo igual, enseñándoles que para ganar dinero hay que trabajar no quitárselo a otra persona.

Cuando terminó de cambiarse se dirigió a la cama, sonrió al ver al pequeño estirándose para intentar abarcar todo el colchón y cerrando los ojos fingiendo estar dormido.

-Vamos, échate a un lado- ordenó empujándole suavemente.

El niño esbozó una traviesa sonrisa y se colocó de nuevo mirando al techo antes de taparse con la sábana hasta el pecho.

-Me quedo aquí hasta que te duermas- dijo tumbándose a su lado.

-David.

-Qué.

-Yo creo que a Angélica no le gustas.

-¿Otra vez estás con eso?

-Es que no tengo sueño.

David apoyó las manos en la nuca y miró al techo frunciendo el ceño porque el niño le había despertado la curiosidad.

-¿Cómo lo sabes?

-Creo que está fingiendo.

-¿Por qué dices eso?- dijo girando la cabeza para mirarle a la cara.

-Me dijo que tenía que ser así de amable con todos los clientes.

-Ya.

David suspiró y se levantó para apagar la luz de la habitación, después encendió la lámpara de la mesilla antes de tumbarse nuevamente.

-¿Te has acostado con ella?

-Ccesco- rió David –vaya preguntas haces.

-¿Sí o no?- insistió después de un rato de silencio.

-No. Angélica no es de esas mujeres que se acuestan con todo el mundo, creo que piensa como yo, para tener sexo hay que quererse.

Ccesco jugueteó nerviosamente con los dedos enredándolos en el borde de la sábana mientras cerraba los ojos intentando cargarse de valor. Respiró hondo y se incorporó para inclinarse sobre David que abrió los ojos sorprendido al sentir sus labios y el intento de asalto de la lengua sobre su boca.

-¿Qué haces?- preguntó forzando el cuello para retirar la cabeza y poder mirarle a la cara.

-No te voy a cobrar, yo te quiero.

Agarró la mano del niño al sentirla descendiendo por su ombligo y se zafó con un leve empujón para levantarse rápidamente.

-Espera- dijo mientras caminaba de un lado a otro frente a la cama –esto no está bien.

Ccesco se sentó al borde de la cama y le miró con preocupación.

-¿No me quieres?

-¿Qué?, sí, bueno…- David se detuvo y suspiró mientras se pasaba la mano por la cabeza.

-Entonces, ¿qué pasa?. Cuando dos personas se quieren tienen sexo, no pasa nada, tú acabas de decirlo.

David miró sus ojos vidriosos mientras buscaba una salida a la complicada situación, procurando encontrar una explicación sencilla para que comprendiera que aquello que se había normalizado en su vida no era lo apropiado.

-¿No me quieres?- preguntó de nuevo, bajando la mirada avergonzado mientras se pasaba la mano por la mejilla para disimular una lágrima furtiva.

-No, no es eso- David movía los ojos como si intentara captar una idea en el aire, finalmente se arrodilló frente a él. Respiró hondo y agarró sus pequeñas manos apoyadas en las rodillas –escúchame, te tengo mucho cariño, te quiero todo lo que se puede querer a una persona que conoces de unos pocos días, o incluso más. Pero hay diferentes maneras de querer y diferentes maneras de expresar el cariño.

Ccesco alzó la cabeza para mirarle como si no entendiera nada.

-En tu vida va a haber muchas personas a las que tengas cariño y no por eso vas a tener sexo con todas. Por ejemplo, a tu madre la quieres ¿no?- el niño afirmó con la cabeza –y no tienes que tener sexo para demostrárselo.

Cuando se encogió de hombros David le miró con extrañeza frunciendo el ceño.

-Eso estaría mal- dijo por fin ante el silencio del pequeño –Filipo, ¿te cae muy bien?- de nuevo afirmó con la cabeza -¿a que no tendrías sexo con él?

Ccesco sonrió y negó moviendo rápidamente la cabeza.

-No, es mi amigo, eso sería muy raro.

-¿Y yo qué soy?

-Tú eres como mi padre- afirmó sin dudar ni un instante.

David tragó saliva intentando asimilar aquella respuesta inesperada.

-Aún eres un niño y te queda mucha vida por delante, vas a tener muchos amigos como Filipo, y muchas amigas. Un día aparecerá una chica tan especial que querrás estar todo el tiempo con ella, y estará bien tener sexo.

El niño bajó la cabeza y miró sus manos entrelazadas.

-¿Te has enfadado?

-Claro que no. Solo estás confuso porque te están obligando a vivir en un mundo que no te corresponde- consiguió forzar una sonrisa amable -¿Me das un abrazo?

Ccesco se lanzó a su cuello sin pensárselo, desesperado por sentir su calor de la forma que fuera.

-Con esto es suficiente para demostrarme tu amor- murmuró David al tiempo que le acariciaba el pelo con cariño.

Once

Filipo le pasó el balón, lo controló y lo contuvo para buscar una jugada mientras recuperaba el aliento. A lo lejos estaba David libre de marca junto a la portería, se preparó para pasarle la pelota, era un gol seguro.

Parpadeó.

Ya no estaban en el parque, Filipo y las porterías habían desaparecido para dar paso a un desolado barrizal. David parecía aún más lejano, le daba la espalda mientras caminaba por una verde pradera.

Ccesco corrió con dificultad porque los pies se le hundían en el fango. Tuvo que levantarse varias veces después de perder el equilibrio, pero por fin estaba cerca de él, sin embargo no pudo entrar en la pradera porque un muro transparente se lo impedía. Le tenía a un metro y no podía abrazarle.

-No te vayas- sollozó.

David se giró para mirarle, estaba inexpresivo, su rostro no mostraba ningún sentimiento, de repente comenzó a elevarse lentamente.

-No me dejes solo- suplicó Ccesco mientras golpeaba el cristal con desesperación.

David le ignoraba, sólo seguía ascendiendo en silencio con el cuerpo rígido. El pequeño buscó a su alrededor y encontró un bate de beisbol, lo agarró con las dos manos y se lanzó con fuerza contra el cristal. Cuando el bate estaba a punto de impactar, el muro desapareció haciéndole caer sobre la hierba. Se giró impotente para observar entre llantos cómo desaparecía David en el horizonte.

Abrió los ojos exaltado. En este sueño no había vampiros ni hombres sin cara pero era el que peor le había hecho sentir. El temor a la inevitable pérdida de su compañía le había aterrado más aún que la persecución de su madre transformada en un monstruo.

Se levantó rápidamente de la cama y se paró frente al sofá para observarle. Permaneció de pie durante un rato preguntándose si había alguna manera de retenerle a su lado.

Cuando se acordó repentinamente de Filipo sonrió recordando su fe en el toro.

Buscó la ropa y se vistió apresuradamente besando antes el escudo de la camiseta, después salió de la habitación corriendo.

*

-Servicio de habitaciones.

David bostezó y se frotó la cara antes de incorporarse y sentarse.

-Pase.

Apoyó la espalda y miró la ventana, un pensamiento le hizo sonreír, todavía no se creía que estaba pagando una habitación de lujo en un hotel de cinco estrellas para acabar durmiendo en un incómodo sofá.

-Buenos días- saludó amablemente el joven mientras colocaba el carrito junto a la mesa –Veo que su sobrino está mejor.

-¿Mi sobrino?- preguntó aún adormilado.

-Sí, ha salido hace un buen rato, parecía que tenía mucha prisa.

-Sí, parece que sólo era un poco de fiebre.

Le pareció extraño que se hubiera ido sin decir nada ni despedirse, tal vez habría vuelto a casa para no preocupar a su madre.

-Le han traído un paquete.

El joven sacó una bolsa de debajo del carrito y se la entregó a David que la dejó en el sofá sin mucho interés.

-Estupendo- dijo mientras iba hacia el baño –me pones un par de bollos y dos porciones de tarta por favor.

-Claro.

*

Por suerte era aún pronto y la galería no estaba llena de estúpidos turistas que le sacaban fotos hasta a las grietas de las fachadas.

Ccesco se agachó para observar el toro grisáceo dibujado en el suelo sobre fondo azul, pasó la mano por su cabeza, nunca se había detenido a observarlo desde tan cerca. Le parecía bonito, no entendía por qué la gente se empeñaba en pisarlo ni cómo aquella acción podía ayudar a que se cumplieran los anhelos más profundos.

Le acarició el lomo a modo de disculpa porque él tenía que hacerlo también, su deseo era demasiado importante como para no intentar buscar cualquier tipo de ayuda, por muy absurda que pudiera parecer.

Se incorporó y apoyó el pie izquierdo en los testículos del animal, cerró los ojos para pensar en su deseo y se impulsó para girar sobre sí mismo.

Se sintió extraño después de hacerlo, aliviado, intentando dejarse llevar por el optimismo de Filipo

*

Volvió en taxi al hotel, no había tardado mucho así que mantenía la esperanza de que David no hubiera notado su ausencia. Llamó insistentemente a la puerta sin obtener respuesta así que decidió esperarle dentro de la habitación. Tal vez David, al no encontrarlo al despertarse, se había preocupado y había ido a buscarle.

Cuando se aseguró que no había nadie a su alrededor sacó el trozo de radiografía y abrió la puerta. Cada vez le salía mejor y tardaba menos en forzarlas. Se llevó el trozo de plástico frente a los ojos para observarlo con tristeza, aquel método se lo había enseñado Paolo. Pobre Paolo, le había enseñado tantas cosas y seguro que le hubiera enseñado muchas más.

Se sacudió la tristeza y se concentró en localizar a su amigo.

-David- dijo mientras hacía un recorrido visual por la habitación.

Después de mirar la sábana arrugada en el sofá vacío, se dirigió al baño y asomó la cabeza. Allí estaba, en la bañera disfrutando de un baño de espuma, con los ojos cerrados como si durmiera, con razón no le había oído, estaba escuchando música con un volumen tan alto que retumbaba a través de unos grandes auriculares que le ocupaban gran parte de la cabeza.

David abrió los ojos sobresaltado cuando sintió el movimiento del agua.

-Hola- sonrió Ccesco que ya estaba sentado frente a él dentro de la bañera.

Se quitó los auriculares y salió de la bañera tapándose rápidamente con una toalla que se colocó en la cintura, después se marchó del baño.

-¿Por qué te vas?

Ccesco vio cómo volvía al baño con los pantalones puestos y una silla que colocó frente a la bañera.

-No me voy, estoy aquí contigo.

-¿Por qué te sales del agua?- preguntó pensando que se había enfadado.

-Llevaba ya mucho rato, mira- dijo David mostrando las palmas de la mano —me molesta mucho cuando la carne se arruga, si me pasa no puedo tocar nada, y ya se estaba empezando a arrugar.

El pequeño le miró fijamente con los ojos tristes como si no le convenciera su explicación.

-¿Dónde has ido?- preguntó David para cambiar de tema.

-A dar una vuelta.

-¿Tan temprano?- frunció el ceño -¿A dónde?

-No te lo puedo decir.

-¿No habrás hecho algo malo?

El niño sonrió de forma traviesa y negó en silencio.

-Bueno, eso espero. Hunde la cabeza en el agua.

-¿Para qué?

-Voy a lavarte el pelo.

Ccesco hundió la cabeza para mojársela mientras David se echaba champú en las manos.

-Me gusta tu pelo- comenzó a decir al tiempo que le frotaba la cabeza con suavidad —tienes suerte. Me da envidia, a mí me están saliendo canas por todos lados y creo que se me está empezando a caer.

-Venga ya- dijo esbozando una sonrisa burlona.

David se aclaró la mano para deshacerse del jabón y se la pasó por el pelo para retirarlo hacia atrás, después se inclinó.

-Mira, ¿no ves las entradas?

-No.

-¿No?

-Ah ah- dijo el pequeño moviendo la cabeza.

David recuperó la postura mientras se miraba la mano para comprobar que no se habían quedado pelos entre sus dedos.

-Creo que te preocupas por nada.

-No sólo es el pelo o las canas- suspiró -Es todo Ccesco. Cuando te haces mayor el tiempo cada vez pasa más rápido- respiró hondo y le miró fijamente a los ojos –me aterra envejecer.

-Tú no eres viejo todavía. Ninguno de los padres de mis amigos del barrio juegan al fútbol, la mayoría se pasan el día en el bar fumando y bebiendo.

David sonrió al escuchar el consuelo que le intentó brindar el pequeño mientras le enjuagaba la cabeza, después de cerrar el grifo se levantó.

-Tengo algo para ti.

-¿El qué?

-Voy a buscarlo. Termina de lavarte rápido, quiero que tengas los pantalones puestos cuando vuelva.

Se dirigió al sofá para coger la bolsa que le había entregado el joven del servicio de habitaciones y se paró a observar por la ventana para dar tiempo al niño a vestirse.

-¡Ya estoy!- gritó Ccesco.

-Qué rapidez- dijo cuando entró en el baño y vio al pequeño con el pantalón puesto y secándose el pelo con la toalla.

Ccesco se colocó la toalla sobre los hombros y miró con expectación la bolsa que llevaba en la mano.

-¿Qué es?

David se arrodilló frente a él, sacó de la bolsa una camiseta del Milan y la estiró para que se viera bien su nombre bordado a la espalda. Ccesco la cogió con el rostro iluminado de alegría.

-¿Para mí?

-Claro, pone tu nombre. Es tu regalo de cumpleaños.

-Pero si queda un mes.

-Yo ya no estaré aquí, mañana me vuelvo a Madrid.

El niño perdió la sonrisa al instante y bajó la mirada cargada ahora de tristeza.

-¿Te gusta?

El pequeño se llevó la camiseta a la nariz con resignación.

-Huele a nuevo- dijo débilmente forzando una media sonrisa para no parecer un desagradecido.

-Mira- David estiró una de las mangas para mostrársela – lleva la bandera de Italia. Póntela- dijo retirando la toalla de sus hombros.

Ccesco besó el escudo y se puso la camiseta, después le miró y recuperó la sonrisa antes de abrazarle con fuerza.

-Gracias.

-En la bolsa hay otra igual pero un par de tallas mayor porque seguro que tienes que estar a punto de dar un estirón y ésta se te va a quedar pequeña.

-Me han dicho que me voy a quedar enano- dijo sin retirar la mejilla de su hombro.

-¿Por qué, estás enfermo?

-No- sonrió el niño –un hombre me ha dicho que la gente mala se queda enana.

-Menuda estupidez.

-Pues el que me lo ha dicho mide dos metros.

-¿Por qué crees que eres malo?

El pequeño se encogió de hombros, pensativo, mientras jugueteaba tamborileando con los dedos índice y corazón en su otro hombro.

-No sé, yo a veces robo.

-Robar está mal, pero eso no te convierte en mala persona.

-Además no tengo padre. Mi madre siempre me dice que por mi culpa no encuentra un hombre que la quiera, porque nadie quiere aguantar a un hijo que no es suyo.

-No te ofendas, pero creo que a tu madre no la quieren por su forma de vida, si algún día encuentra a alguien tiene que ser igual que ella. Tú no tienes la culpa de nada.

Ccesco retiró la cabeza para mirarle pensativo, momento que aprovechó David para comenzar a pasarle la toalla y secarle la cabeza.

-¿Tú no tienes hijos?

-No.

-¿Por qué?

Por un instante paró el movimiento de las manos para hacer una breve reflexión.

-No sé. Supongo que nunca se han dado las circunstancias, siempre he estado trabajando. Pero ahora con el divorcio es más complicado aún.

-¿Por qué te has divorciado?

-Cuando dejas de querer a la persona que está a tu lado es mejor alejarse para no hacerse daño. Nosotros dejamos de querernos.

-¿Por qué?

-No sé, supongo que me estoy haciendo un viejo cascarrabias y ya no hay quien me aguante.

-No, eso no es verdad- sonrió Ccesco.

-Bueno, ¿No haces muchas preguntas?- dijo frunciendo el ceño y tirándole al suelo para hacerle cosquillas – tanto por qué, por qué, por qué.

-¡No, para!- gritó el niño entre risas mientras intentaba zafarse.

*

A medida que avanzaba la tarde la alegría de Ccesco se iba desvaneciendo. Saboreaba el helado que David le había comprado mientras perdía la mirada con melancolía entre los turistas que pedían su deseo dando vueltas sobre el toro.

-Eso es una tontería- dijo por fin desengañado, negando con la cabeza.

David sonrió y le hizo una caricia en el pelo.

-En serio, hazme caso, no funciona- afirmó el pequeño con rotundidad.

El toro le había fallado a él, estaba permitiendo que David se marchara sin hacer nada que lo evitara por lo que confirmó lo que pensaba desde un principio, que era una estupidez y una pérdida de tiempo.

*

Abrió la puerta de casa sin ningún temor, la amargura que sentía era tan grande que le daba igual si su madre había tomado cocaína o heroína.

-¿Ccesco?

-Sí.

-Ven con tu madre.

Por lo menos la situación no empeoraba ya que su madre parecía de buen humor.

-¿Dónde estás?- preguntó mientras se paraba en el pasillo y sacaba cien euros para entregárselos.

-En la habitación.

Se detuvo en la puerta del dormitorio a observar a su madre tumbada en la cama.

-Acércate- invitó Carola mientras se incorporaba para sentarse –últimamente casi no te veo el pelo.

El niño se acercó y estiró la mano para ofrecerle el dinero sonriendo.

-Vaya- exclamó contándolo –está muy bien.

Después de dejarlo sobre la mesilla le estiró de la cintura elástica del pantalón.

-Este es mi hombrecito.

Ccesco se resistió y dio un paso atrás haciendo que Carola le soltara.

-¿Qué pasa?

-Estoy cansado, tengo sueño.

-Ven conmigo- insistió estirando el brazo.

-Me voy a dormir- dijo el niño dando otro paso atrás para esquivarla.

Carola se encendió un cigarro mientras le observaba salir de la habitación.

-¿Se puede saber qué coño te pasa?- preguntó antes de dar una calada profunda -¿Te han dejado de gustar las mujeres?, en mi casa no quiero maricones.

Ccesco se quitó la camiseta, besó el escudo y la dobló con cuidado para colocarla sobre la silla, después se sentó a mirarla con melancolía. Tras un rato se quitó las zapatillas y los pantalones y se tumbó en la cama para mirar el techo. Estaba tan triste que no podía reaccionar.

Se acostó de lado para mirar de nuevo la camiseta y por fin rompió a llorar, un llanto de rabia que ahogó en la almohada mientras golpeaba el colchón con el puño derecho.

Todo había terminado, así de fácil y de rápido, y el maldito toro no hacía nada para evitarlo.

Se levantó furioso y agarró la camiseta que le había regalado David para tirarla contra la pared, después se sentó en la cama tapándose la cara con las manos y respiró hondo para tranquilizarse.

Todo se había terminado, así de fácil.

Doce

Llevaba ya un rato sentado junto al hotel, se levantó del bordillo, se pasó la mano por el pelo y comenzó a caminar con nerviosismo, no era normal que Ccesco se retrasara tanto, y menos aún sabiendo que sólo les quedaban un par de horas para pasar juntos.

Miró a todos lados para comprobar si le veía venir por alguna calle. Se pasó las dos manos por el pelo hacia atrás dejándolas apoyadas en la nuca, como un reo esperando ejecución, y finalmente suspiró. Tal vez le había pasado algo.

Rápidamente buscó un taxi con la mirada y levantó el brazo para hacer que se detuviera, se subió y le indicó la dirección al conductor con la intención de dar una vuelta por su barrio, no podía irse así, sin una despedida. Al taxista pareció no gustarle la idea de pasear por el bronx pero guardó silencio.

Ccesco llevaba cuarenta minutos observándole desde una esquina donde estaba escondido, de vez en cuando se secaba la

cara porque alguna lágrima desobediente se escapaba. Esperó a
que el taxi se alejara y corrió hacia el hotel.

*

La búsqueda fue inútil, lo único que vio de Ccesco fue
alguna firma que adornaba las maltrechas paredes de los
edificios. Regresó decaído a su habitación ya que no podía
perder más tiempo o no llegaría al vuelo.

Cuando entró sonrió al descubrir un periódico junto a su
maleta que reposaba encima de la cama. Supuso que lo había
dejado el pequeño así que se acercó y pasó las páginas
buscando la número nueve donde encontró un sobre que abrió
ansiosamente para descubrir su contenido: una foto en la que
aparecían Ccesco y él, y una nota manuscrita.

No quiero despedirme de ti porque te abrazaría
tan fuerte que no dejaría que te fueras.

Yo tenía razón, Filipo y tú estabais
equivocados, ni la magia existe, ni los deseos se
cumplen.

Ayer no te dije donde fui porque tú dices que
si lo cuentas no se cumple, ahora te lo puedo decir
porque ya da igual. Fui al Duomo, a pedir al
toro que te quedaras conmigo, eres el único padre
que he tenido pero también te vas.

Tengo la dirección de la empresa donde trabajas, te escribiré.

Te quiero.

David se quedó petrificado leyendo la nota, no supo cómo reaccionar así que esbozó una sonrisa amarga y respiró hondo para detener el flujo de emoción que se dirigía hacia sus ojos en forma de lágrimas. Dobló cuidadosamente la nota y la guardó en su mochila.

*

Ccesco pagó al taxista con lentitud para hacer tiempo, miraba por la ventanilla esperando a que David se introdujera en la terminal.

Cuando le perdió de vista salió rápidamente del vehículo y entró también. Le seguía desde lejos, escondiéndose entre columnas o camuflándose entre la gente. Hoy, por primera vez en muchos días, no llevaba la camiseta del Milan, pensó que era mejor ponerse otra diferente para que no se percatara de su presencia.

No sabía por qué le seguía, estaba enfadado con él por abandonarle, y también triste por su marcha, sin embargo quería estar cerca de él hasta el último minuto. Había momentos que sentía el impulso de ir a abrazarle pero se contenía, hacer eso sólo serviría para empeorar todo porque se pondría a llorar. No, ya casi tenía doce años y era un tío fuerte, capaz de aguantar las emociones.

Aunque no sabía cuál era su avión, se sentó frente a un ventanal para observar el movimiento en las pistas, permaneció allí inmóvil más de dos horas.

David ya había salido de su vida y todo volvía a ser como antes de conocerle, sin ilusión, alegría ni esperanza.

*

-¿A dónde?- preguntó el taxista mirando por el retrovisor.

Ccesco estaba serio, ausente, con la cabeza apoyada en el respaldo y la mirada perdida en el cristal de la ventanilla.

-¿Te encuentras bien?- dijo el conductor girando el cuerpo para poder verle mejor.

El niño volvió a la realidad recuperando la mirada sobre su rostro.

-Mi padre se ha ido.

-¿A dónde se ha ido?

-A España.

El taxista le miró con preocupación porque estaba pálido y muy serio, parecía enfermo.

-¿Viaje de negocios?

Ccesco se encogió de hombros sin decir nada.

-Tranquilo- dijo el conductor impresionado por la expresión de su cara –no estés triste, seguro que pronto le verás.

-A Quarto Oggiaro.

No sabía por qué se lo había contado, no iba a entenderlo, nadie podía entender lo que sentía en este momento. Giró la cabeza para mirar por el cristal porque ya no tenía ganas de seguir hablando.

*

David abrió la mochila y sacó su diario dispuesto a liberar el volcán de sentimientos que le atenazaban. Buscó la última hoja escrita y se le cortó la respiración un instante con el descubrimiento. El pequeño Ccesco había añadido una línea.

194

"...me voy con una sensación de tristeza e impotencia de la que difícilmente me pueda desprender nunca. Ojalá hubiera podido hacer algo por él, algo por mejorar su vida"

Lo hai fatto. CCESCO☺

-Ya lo has hecho, Ccesco- repitió en su mente mientras sus ojos se cargaban de nuevo.

Cerró el cuaderno, ya no podía ni quería reprimirse más, apoyó la cara en el asiento delantero y comenzó a llorar desconsoladamente.

-¿Se encuentra bien?- preguntó el hombre que había a su lado pensando que tenía un ataque de pánico, algo común en la gente que no está acostumbrada a viajar en avión.

David pensó que tal vez debería contarle ésta historia a alguien, tal vez debería haber ido a la policía, tal vez debía olvidarlo todo y continuar con su vida, tal vez debía dejar de pensar. Tal vez...

*

Se sentía raro, muy cambiado, como si todo diera igual ya y nada pudiera afectarle, estaba madurando a pasos agigantados.

Entró en casa porque ya no tenía a nadie con quien quedarse a recorrer las calles, sin Paolo no sabía a dónde ir. Musta le caía bien pero no era Paolo.

-Qué pronto llegas hoy- dijo su madre cuando entró en el salón y se sentó en el sofá.

Ccesco miró con atención al hombre que estaba sentado junto a ella, parecía más bien joven, de pelo negro repeinado hacia atrás y en el rostro una expresión amable. Cuando veía a su madre con un hombre, siempre que no fuera en la cama, se despertaba en él una chispa de esperanza de encontrar por fin un padre, un compañero de juegos, pero ya se había desvanecido porque nunca encontraría a uno como David.

-¿Cómo te llamas?- preguntó con una gran sonrisa.

-Franccesco- respondió con desgana sin moverse del sofá.

-Yo soy Estéfano- dijo haciendo un gesto con el brazo – acércate.

Ccesco se levantó apático y se acercó junto a él. Sintió cómo su mano se posaba en su cara y le hacía una caricia.

-¿Cuántos años tienes?

-El mes que viene doce- el pequeño esbozó una tímida sonrisa reconfortado por su amabilidad.

Estéfano no retiró la mano, giró la cabeza para dirigirse a Carola y continuó acariciándole moviendo el pulgar.

-No me habías dicho que tenías un hombrecito tan guapo en casa.

Le miró sonriendo y Ccesco le correspondió.

-Te doy un par de gramos si me dejas pasar un rato con él.

Perdió la sonrisa al instante y dio un paso atrás, después miró a su madre esperando alguna reacción.

-Mi niño vale más que eso.

-Bueno, cuatro gramos y no hay más.

Volvió a mirar a su madre decepcionado, con los ojos húmedos, solía comprender y justificar las barbaridades que hacía cuando estaba colocada pero ahora estaba totalmente lúcida y negociaba tranquilamente con su cuerpo. Retrocedió dos pasos más aguantando el llanto, estaba furioso y no quería darles la satisfacción de que le vieran llorar.

-¿A dónde vas?- dijo cuando se percató de que se alejaba - ¿Por qué te pones así?, ya lo has hecho muchas veces.

-Acércate- invitó Estéfano –no te voy a hacer daño, ya verás qué bien lo pasamos.

Ccesco comenzó a correr hacia la salida cuando vio a su madre levantarse.

-¡Ven aquí maricón!- gritó intentando atraparle sin éxito.

Carola regresó a su silla y se encendió un cigarro antes de sonreír nerviosamente a Estéfano.

-Últimamente está insoportable, apenas me hace caso.

Estéfano sacó un bolígrafo y comenzó a escribir en un papel, después de entregárselo se levantó.

-Esta es mi dirección, si le haces cambiar de opinión mándamelo.

-Espera, yo te lo puedo hacer pasar mejor que él.

Sacudió el brazo para soltarse cuando Carola le agarró para evitar su marcha.

-¡Quita!- exclamó estirándose el cuello de la camiseta —Qué asco, ¿te has mirado al espejo?, ya no vales ni para follar.

El joven caminó airado hacia la salida y cuando llegó a la puerta se giró.

-Acuérdate de que son cuatro gramos- dijo antes de salir dando un portazo.

Carola se levantó para ir al baño y colocarse frente al espejo. Cogió un cepillo y comenzó a peinarse lentamente mientras miraba su reflejo sonriendo con amargura, observando los pocos atisbos de belleza que aún se resistían a desaparecer de su rostro.

Su reflejo demacrado le hizo ser consciente por fin de en lo que le había convertido la droga.

*

Recorrió la nocturnidad de las calles, perdido, mientras intentaba sosegar la ira y el dolor de su corazón rompiendo aleatoriamente los retrovisores de algunos vehículos que se encontraba en su camino errante y sin destino. Ya no tenía dónde acudir, habían desaparecido súbitamente sus dos únicos refugios, el habitual apoyo de Paolo en su casa, y la cálida protección de David en su habitación del lujoso hotel.

Después de una hora vagabundeando regresó a su casa cansado y deseando que aquel tipo se hubiera ido. Cuando entró sintió alivio por el silencio reinante. Se asomó a la habitación de su madre y la vio dormitando después de un pico de heroína que se había metido con una jeringuilla que reposaba sobre la mesilla y aún guardaba restos de sangre.

Se fue a su dormitorio y se sentó en la cama con la nube de tristeza aún acechándole los sentidos. Sus ojos se detuvieron en la foto que había colocado cuidadosamente encima de la tele haciendo que la tristeza se evaporara en un instante. Se levantó y la extrajo del marco de arcilla que había hecho en el colegio hacía dos años para el día de la madre, y que no le llegó a entregar por despecho ya que aquel día, cuando volvió a casa repleto de ilusión con aquel regalo, fue recibido por la furia alcohólica de Carola.

Miró la cara de David y sonrió con amargura al rememorar aquel momento de felicidad tan efímero, y a la vez permanente y eterno en aquel papel fotográfico y en sus recuerdos. Caminó cabizbajo hacia la cocina mientras observaba la sonrisa de David y su cara de felicidad al sentirle a su lado, con tanta gente alrededor y sin embargo para él sólo existían ellos dos. Dobló la foto y la guardó en el bolsillo para liberarse las manos y poder así servirse cómodamente un vaso de leche.

Se sentó y bebió lentamente, la verdad es que no tenía sed ni hambre, pero necesitaba sentirse ocupado de alguna forma, podía haberse puesto a jugar con la consola pero no tenía ni ganas de divertirse. Mientras bebía estudió meticulosamente la mesa, algo llamó su atención haciéndole dejar el vaso. Entre las migas de pan, las pequeñas manchas de tomate reseco y algún resto de comida, había un papel, demasiado limpio para llevar allí más de un día. Lo cogió y leyó una dirección que había escrita. Retomó la ingesta de leche mientras estudiaba con el ceño fruncido aquel misterioso papel ya que no reconocía en aquella letra la mano de su madre. Después de unos segundos arqueó las cejas y apuró el vaso para dejarlo victorioso en la mesa. Se pasó la mano por la boca para limpiar el bigote de leche y esbozó una media sonrisa cargada de maldad.

No estaba muy lejos de su casa, caminó sonriente como si todo fuera bien y ya nada importara.

No sabía por qué su madre había cambiado de camello, tal vez habrían detenido al otro, lo que le molestaba es que ese tipo de gente viniera a su casa. No le importaba que su casa se convirtiera en un prostíbulo donde a veces tenía que cruzarse con algún cliente de su madre, algunos se mostraban hasta simpáticos con él, seguro que por el remordimiento de sentir una mirada infantil en aquellas circunstancias. Lo que no estaba dispuesto era a soportar más visitas de aquel camello y que su madre negociara delante de sus narices el alquiler de su culo.

Atravesó un lúgubre pasillo en donde la mitad de las bombillas estaban rotas o fundidas, y por fin estaba frente a aquella puerta, se había cuidado mucho de evitar que nadie le viera entrar como siempre le había aconsejado Paolo. Llamó con los nudillos un par de veces y se percató de que alguien le miraba a través de la mirilla de la puerta que se abrió después de unos segundos.

-Hola- sonrió Estéfano gratamente sorprendido –pasa- se echó a un lado y cerró la puerta cuando entró el niño –veo que se te ha pasado el enfado.

Ccesco se encogió de hombros y le siguió en silencio hasta el salón. Se quedó mirando el polvo blanco disperso sobre la mesa junto a una bolsa y algunos cubiertos y mecheros.

-¿Quieres?

Ccesco negó con la cabeza.

-Deberías probarlo, te sentirás muy bien.

El pequeño le miró fijamente y movió de nuevo la cabeza.

-Está bien- dijo Estéfano incomodado por el silencio del niño que le observaba inmóvil desde la puerta —no quiero que te enfades, tu y yo vamos a ser muy buenos amigos. Si te portas bien tu madre estará contenta.

Ccesco hizo una mueca de indiferencia juntando los labios al tiempo que se encogía de hombros.

-Vaya, veo que eres del Milan.

El pequeño se miró el pecho y afirmó en silencio.

-Sí. Un gran equipo- murmuró intentando arrancarle alguna palabra a aquel niño que parecía haberse vuelto mudo.

Se inclinó para esnifar un poco de cocaína y después apoyo la espalda en el sofá, frunció el ceño mirando sus manos.

-¿No hace un poco de calor para llevar guantes de cuero?

-Es que son un regalo de un amigo.

-Bueno, pero te los puedes poner en invierno.

Ccesco repitió la mueca indiferente encogiéndose nuevamente de hombros.

-¿Sabes para qué estás aquí?- dijo al fin frotándose la entrepierna.

-Sí, ya lo he hecho más veces.

-Eso está bien- sonrió lascivamente mientras se ponía en pie y se desabrochaba la bragueta para dejar al descubierto el pene erecto —Acércate, ya verás qué bien lo pasamos. Tengo mi arma cargada y tienes que descargarla.

Ccesco sonrió casi hasta la carcajada, mostrando todos sus dientes.

-¿De qué te ríes?- preguntó el hombre confuso por su reacción.

-Yo también tengo un arma, también está cargada, y además, es más grande que la tuya.

-¿Qué?, no es posible tan pequeño- dijo con el ego ofendido por la posibilidad de que aquel niño tuviera un pene mayor al suyo.

-¿Quieres verla?

-Claro, vamos a divertirnos, sácatela.

Ccesco se llevó las manos a la espalda y sacó de la cintura elástica del pantalón la pistola que le había comprado a Paolo.

-¿Ves?- dijo mientras enroscaba el silenciador en el cañón con tranquilidad –con esto se hace más grande.

El pequeño quitó el seguro de la pistola y le apuntó.

-¿Quieres jugar?- preguntó Estéfano sonriendo -¿A polis y cacos?

-Vale.

-¿Yo quién soy, el poli o el caco?

-Yo soy el bueno- dijo Ccesco llevando el dedo al gatillo y bajando ligeramente la pistola –y tú eres el malo.

Disparó dos veces sobre su entrepierna haciéndole caer inmediatamente entre terribles dolores.

-¿A qué es raro?- preguntó el niño mientras se acercaba lentamente –una vez me dieron un pelotazo en los huevos y no podía ni respirar, ¿por qué será?, que yo sepa los pulmones están mucho más arriba.

Se paró frente a él y bajó el arma para observar cómo se retorcía en posición fetal.

-¿A que no puedes ni gritar?

-Estás loco hijoputa- consiguió decir Estéfano con gran esfuerzo.

-¿Quién es la putita ahora?- Ccesco le pisó con fuerza la cabeza mientras mostraba una malvada sonrisa y perdía la mirada en un océano de locura -¡dime que te gusta!

El pequeño inició entre insultos una descarga de patadas en la cabeza que dejaron a Estéfano inconsciente. Respiró hondo, exhausto por el esfuerzo, y se secó la cara húmeda por las lagrimas para comprobar que el hombre había dejado de cubrirse y estaba ahora inmóvil. Ya no era tan divertido pegarle porque no se enteraba.

-¿A que lo hemos pasado bien?- dijo mientras le apuntaba a la cabeza –no vuelvas por mi casa.

Su mano se independizó por un instante del control del cerebro y comenzó a apretar el gatillo una y otra vez hasta vaciar el cargador mientras observaba atónito las esquirlas de cuero cabelludo saltando por el aire, seguidas por salpicones de sangre que teñían de rojo la moqueta.

Cuando la pistola no daba más de sí, el cerebro recuperó el control sobre el cuerpo, soltó el arma como si quemara y miró asustado el cadáver que tenía la cara medio sumergida en un charco de sangre y una extraña sustancia gris y viscosa que escapaba de la cabeza.

Se sentó en el sofá con la mente en blanco y los sentidos anulados, unas náuseas recorrían por su estómago amenazando con hacerle vomitar el vaso de leche que se había tomado con desgana. Después de un buen rato sin reacción sintió la caricia de un papel en su muslo, se llevó la mano al bolsillo y sacó la fotografía arrugada, rápidamente comenzó a pasar la mano con preocupación por su deterioro.

Se tumbó encogido, sin poder reaccionar, durante unos minutos todo le daba vueltas, estuvo tan mareado que parecía estar volando. Sudaba y temblaba como el día que mataron a Paolo.

Sonrió.

Un rayo solar que iluminó su cara le hizo mirar hacia la ventana, reconoció al instante el paisaje de Génova. Inspiró profundamente para sentir el aroma marino mientras escuchaba el arrullo de las olas.

Se levantó aún temblando y caminó lentamente hacia la terraza. El cielo de la noche se había aclarado para dar paso a un fabuloso día de playa, alguna gaviota revoloteaba juguetona cerca de su cabeza. Miró hacia abajo para observar el mar calmado golpeando suavemente contra las rocas.

-Gracias por traerme- dijo mirando a David que estaba sentado a su lado.

Alzó la cabeza para sentir los rayos del sol acariciándole la piel del rostro.

-Ya sé tirarme de cabeza- explicó con orgullo -Mira, me ha enseñado mi amigo Paolo.

Se giró para mirar a Paolo que estaba, como siempre, sonriente, y se quitó con cuidado la camiseta para que no se estropeara con el agua salada, después de besar el escudo la dejó sobre la roca junto a David que observaba con cariño sus movimientos.

-Atento- sonrió Ccesco.

Respiró hondo una vez más para oler el mar y se subió al trampolín, quería que David viera cómo saltaba de cabeza y se sintiera orgulloso de su hijo.

La brisa se volvió más violenta a medida que caía. El plácido calor del sol, la agradable brisa marina, el relajante sonido de las olas… todo se tornó en oscuridad y silencio cuando su pequeña cabeza impactó contra el asfalto.

Porque todos necesitamos esperanza,
del túnel encuentras la salida al final,
sigue luchando, mantén la templanza
y en tu vida volverás a ver la claridad.

Se tumbó encogido, sin poder reaccionar, durante unos minutos todo le daba vueltas, estuvo tan mareado que parecía estar volando. Sudaba y temblaba como el día que mataron a Paolo, y, como aquel día, David estaba junto a él, aunque fuera en un papel. Miró la fotografía y recuperó las fuerzas suficientes para levantarse con una lentitud extrema.

Se secó el sudor de la frente con la camiseta y respiró hondo pensando que lo que había hecho le había convertido en un hombre de verdad, con los cojones bien puestos ya que no todo el mundo tenía el valor suficiente para matar. Ahora tenía el control sobre su vida, era independiente y podía tomar decisiones sin consultar con nadie, y en este momento de su existencia había tomado la suya.

Se acordó de lo que le dijo David, que para que un deseo o un sueño se cumpla había que luchar por él, así que iba a pelear por que el suyo se hiciera realidad, iba a buscar al único padre que había sentido.

Revolvió la casa en busca de dinero, miró en los sitios que le había enseñado Paolo, donde los delincuentes solían esconder lo que sacaban de los robos o el tráfico de drogas. Se llevó una alegría porque el cabrón de Estéfano tenía varios fajos de billetes esparcidos por las habitaciones, tantos que tuvo que coger una bolsa deportiva para llevarlos. También metió varios fardos de heroína y cocaína para su madre, perdía un hijo pero ganaba suministro de su amada droga para varios meses.

Observó la pistola dudando si debía llevársela, pero como no tenía sus huellas, decidió no cargar con ella porque no podría pasarla por el aeropuerto, después miró con desprecio el cuerpo de Estéfano y descubrió que ya no sentía nada, ni miedo ni remordimiento.

*

Había colocado una silla frente a su cama y la observaba, estaba inerte, disfrutando con el viaje de su mente a lomos del caballo blanco. Ccesco reflexionaba, a pesar de todo, sobre si estaba bien abandonarla. Tenía claro que para ella la droga estaba por delante de todo, hasta de su hijo, y eso le dolía demasiado, sin embargo él sí sentía un extraño vínculo de amor incondicional del que era difícil desprenderse.

Se dirigió a la cocina pensando que era la mejor solución, ella descansaría por fin de la dura vida que había elegido y él no se sentiría mal por haberla abandonado. Se puso a pensar cómo podría inyectársela sin convertir su brazo en un colador, hasta que por fin se le ocurrió cómo al estudiar atentamente el funcionamiento de una jeringuilla, sólo debía alargarla para hacer algo similar a las botellas de suero que se suelen colgar junto a la cama del hospital. Entre la aguja y la jeringa colocó un canutillo de plástico que llenó de agua asegurándose de que no se filtrara aire para evitar introducirlo en la circulación de la sangre de su madre. Con un cuchillo abrió un fardo de heroína y preparó una veintena de picos muy cargados, sabía hacerlo bien porque su madre le había enseñado para que pudiera preparárselos en los momentos en el que el mono la impedía pensar con claridad.

Se sentó en la silla y dejó las veinte jeringuillas en la mesilla, después insertó la aguja de su invento en el brazo de su madre y observó que todo fuera bien y la sangre no buscara una salida.

Sonrió con satisfacción al comprobar que todo funcionaba correctamente, después comenzó a introducirle los picos a través del tubillo de plástico..

Cuando terminó la operación taponó la herida de su brazo con algodón y esparadrapo y se tumbó a su lado, apoyando la cabeza en su hombro mientras jugueteaba haciendo figuras geométricas con el dedo índice por su pecho.

En pocos minutos el cuerpo de su madre sufría convulsiones y paraba su corazón, Ccesco finalizó sus caricias con el dedo y posó la palma para comprobar que todo había terminado para ella. Se incorporó para mirar su demacrado rostro con los ojos húmedos, se inclinó y le besó en los labios con cariño.

Por fin descansaba. Los dos descansaban.

Trece

Se despertó con una sensación de paz difícilmente explicable. Le daban miedo las películas de muertos, espíritus y zombis, sin embargo durmió con total tranquilidad junto a su cuerpo, al fin y al cabo era su madre, o lo que quedaba de ella. Le dio un beso a modo de buenos días y se levantó para desayunar.

Cogió la mochila y la vació sobre la cama desparramando la droga y los fajos de billetes. Del armario sacó varias camisetas para envolver el dinero, también metió algo de ropa, galletas, chocolate y el bote de Spiderman donde guardaba las fotos.

*

El taxista se había quedado sorprendido cuando le dijo que se quedara el cambio, miraba incrédulo el billete de cien euros para comprobar si era verdadero.

Ccesco se sentía importante, como decía Paolo, a los capos de la mafia se les miraba de otra forma, se les respetaba. Él había matado a un camello de poca monta y llevaba una mochila con unos cuantos miles de euros. Sí, definitivamente, era todo un capo.

Caminaba dentro de la terminal con la cabeza alta entre la gente, cuando llegó al mostrador sonrió con arrogancia a la joven que atendía.

-Quiero un billete para el próximo vuelo a Madrid.

-¿Cómo dices pequeño?- dijo la joven con sorpresa ante la seguridad mostrada por Ccesco.

-Un billete a Madrid. ¿Cuánto cuesta la primera clase?

-¿Dónde están tus padres?

-¿Y dónde están los tuyos?- respondió ofendido.

-No te puedo vender un billete. No puedes viajar sin permiso de tus padres.

Ccesco se sacó uno de los fajos de billetes que llevaba en el bolsillo y lo puso sobre el mostrador.

-Tengo dinero.

-No es por el dinero.

-Te pagaré el doble.

-¿No comprendes que no puedes viajar sin tus padres?

La respiración del pequeño se comenzó a acelerar debido al enfado que crecía rápidamente en su interior y que cambió totalmente la expresión de sus ojos. Cogió los billetes y los estrujó con fuerza apoyando la mano en el mostrador.

-Tengo dinero- dijo enseñando los dientes y arrugando la nariz —me tienes que dar lo que yo quiera.

-Lo siento niño.

Ccesco le lanzó a la cara los billetes que se dispersaron en el aire como una lluvia de confeti.

-¡Aquí mando yo!¡Dame lo que te pido puta!

La joven, asustada por su furiosa reacción, dio un paso hacia un lado y cogió un teléfono para avisar a seguridad mientras el niño se dedicaba a tirar, entre gritos de rabia, todos los panfletos de publicidad y carteles que había en el mostrador.

Cuando avistó a lo lejos a un par de hombres uniformados que se acercaban salió corriendo.

-¡Sois todos unos hijos de puta!.

En su carrera hacia la salida le pegó una patada a dos papeleras desparramando el contenido por los pasillos.

*

Se sentó en un banco a pensar, ya estaba más tranquilo. Paolo siempre le decía "que la ira no te ciegue, tienes que pensar con serenidad o la acabarás cagando", aunque después no lo aplicaba porque cuando alguien hablaba mal de Italia o del Milan se le iba la cabeza. Mientras se acordaba de su amigo una idea le rondó por la mente.

Caminó hasta una gasolinera para comprar un mapa de carreteras y después fue a una tienda de bicicletas.

-¿Cómo la quieres?- preguntó el vendedor.

-Quiero la mejor que tengas, la voy a usar mucho y quiero que dure. Da igual el precio.

Ccesco tenía claro que no iba a poder comprar un billete de avión ni de tren porque no le permitirían viajar sin la compañía de un adulto, así que iba a ir a España como fuera, su decisión era firme, ya nada le retenía en Milán.

Era la mejor bicicleta que había tenido en su vida, la última que tuvo se la robó a un niño de otro barrio pero la acabó tirando porque siempre causaba problemas con las marchas y la cadena se salía a cada rato, sin embargo aquella que se había comprado era de buena calidad, lista para aguantar el largo viaje.

Se sentó en un banco para ojear el mapa y trazar una ruta por carreteras secundarias, pensó que era menos peligroso y más discreto que las autopistas. Seguro que alguien acabaría llamando a la policía si veían a un niño en bicicleta por una autopista. Acarició las páginas con la yema del dedo índice recorriendo las rayas y colores del mapa, desde Italia hasta España, sólo Francia se interponía entre ambos países.

-Mil quinientos kilómetros- suspiró apoyando la espalda después de hacer cálculos mentales.

No le preocupaba el tiempo que iba a tardar, lo que le agobiaba era saber si sería capaz de recorrer esa distancia.

Suspiró y rebuscó en la mochila para sacar la foto de David, la observó y sonrió sintiendo que recuperaba las ganas de emprender el viaje. ¿Por qué no?, había visto en televisión el Giro de Italia y los ciclistas hacían muchos más kilómetros, lo importante era parar a descansar y beber mucha agua.

Catorce

Después de comer emprendió la marcha. La tarde avanzaba, no sabía cuántos kilómetros había recorrido ya, pero era consciente de que pocos porque en las cuestas demasiado empinadas tenía que bajarse de la bicicleta y caminar. Acababa de iniciar el viaje y ya se estaba desanimando porque a éste ritmo iba a tardar semanas en llegar.

Arrugó el entrecejo y se puso en estado de alerta cuando observó que un coche le rebasó y paró unos metros más adelante. Del vehículo se bajaron un hombre y una mujer que se apoyaron en el cuerpo metálico para esperarle. Cuando Ccesco estuvo cerca el hombre se adelantó y levantó el brazo.

-Espera chico.

Ccesco se detuvo jadeante y le miró mientras recuperaba el aliento.

-¿Qué quieres?

-Es peligroso que andes por aquí solo, ¿a dónde vas?

-De viaje.

-¿A dónde?

-¿Para qué quieres saberlo?- preguntó con desconfianza.

La mujer se acercó sonriente al sentir su incomodidad para tranquilizarle con una caricia en la cara.

-Nosotros vamos hacia Génova, si te viene bien te llevamos- dijo con más amabilidad.

Ccesco se bajó de la bicicleta y abrió la mochila para sacar el mapa y comprobar si era una buena opción que le llevaran hasta allí. La pareja se miró y sonrió al ver al pequeño mirando el mapa como un experimentado explorador.

-Sí- sentenció guardando el mapa –me viene bien pero si me dejáis a las afueras para seguir por la A diez.

-¿Vas a Pegli?, te podemos llevar, está al lado.

-No, voy a España.

-Bueno- dijo el hombre sin tomarse en serio lo que acababa de oír –déjame que sujete esto al porta equipajes.

Agarró la bicicleta y la colocó sobre el coche mientras el niño se acercaba a la parte trasera.

-España está muy lejos- afirmó la mujer al tiempo que le abría la puerta.

-No tanto- sonrió antes de entrar.

Cuando el hombre terminó de atar la bicicleta se introdujo en el coche y se giró hacia el niño.

-¿Para qué vas a España?

-A buscar a mi padre- contestó Ccesco antes de dar un largo trago de agua.

-¿Por qué no viene él a recogerte?

-Está ocupado- dijo encogiéndose de hombros.

-Pero te puede mandar un billete- añadió la mujer.

-En el aeropuerto me han dicho que no puedo viajar solo.

-¿Y tu madre?

-Muerta.

-¿Con quién vives?

Ccesco recorrió el interior del coche con la mirada y después la fijó de nuevo en el hombre.

-Es muy grande. ¿Me puedo tumbar?- dijo para cambiar de tema, cansado de tantas preguntas.

-Claro- sonrió la mujer –seguro que estás cansado.

Ccesco afirmó en silencio y se quitó las zapatillas para tumbarse, pensó que si se hacía el dormido evitaría un largo interrogatorio durante el camino.

-Bueno- el hombre giró la llave –pues vamos para allá.

Después de unos minutos Ccesco cerró los ojos.

-Es adorable- dijo la mujer mirándole con melancolía.

El hombre reviró los ojos y la miró.

-Ya estamos.

-¿Qué?, mírale, ahí dormidito.

Ccesco se giró para dar la espalda porque no quería que notaran que se reía, le hizo gracia la forma que tenía la mujer de hablar de él, parecía que estaba hablando de un bebé.

-Oh por favor- suspiró el hombre –no empieces.

-Mírale, no sé por qué te niegas a tener hijos. ¿No te gustaría que fuera tu hijo y poder jugar con él en la playa?

-Ya sabes que no me niego, pero no tendremos un hijo hasta que nuestra economía esté estabilizada. Ya te lo he dicho mil veces.

-Qué pasa, ¿sólo los ricos pueden tener hijos?

Ccesco escuchaba atentamente con un extraño sentimiento de culpabilidad porque pensaba que la discusión se había iniciado por él.

-Vamos a esperar un año a ver qué sucede.

-Un año, y otro, y otro- replicó la mujer –siempre dices lo mismo y los años pasan, dentro de poco no podré tener hijos.

-No digas tonterías, tienes treinta años, queda mucho tiempo.

El hombre miró su expresión de enfado y sonrió.

-Escucha- dijo cogiendo su mano –vamos a esperar a que termine este año. El que viene tendremos uno.

-¿De verdad?, promételo.

-Lo prometo.

La mujer, feliz y sonriente, se giró para mirar a aquel pequeño imaginándose que en poco tiempo allí iba a viajar su propio hijo.

-Ccesco- leyó en voz alta -¿Hay algún jugador del Milan que se llame Ccesco?

-No, ¿por qué?

-Es el nombre que lleva en su camiseta. ¿Puede ser algún jugador nuevo?

-No me suena. Será su apodo o su nombre.

-Ccesco- repitió la mujer.

-Sí, será de Franccesco.

-¿Con dos ces?

-Puede ser. Igual que el nombre de tu hermano, hay gente que escribe Giovani con una ene y otros que lo escriben con dos.

-Sí, puede ser- dijo la mujer inclinándose para acariciar la cabeza del niño -¿Cómo se le ocurre ir en bici a España?, ¿qué vamos a hacer?

-Llama a tu hermano a ver qué dice.

La mujer retomó su posición y abrió la guantera para coger el teléfono.

-¿Hola?, Giovani, ¿me escuchas?. ¿Estás hoy de servicio?

Ccesco inclinó ligeramente la cabeza hacia atrás para escuchar mejor la conversación.

-Hemos encontrado un niño en bicicleta por una carretera de Milán…sí, iba sólo y dice que va a España…no, no es broma, lleva una mochila y ha dicho que le dejemos a las afueras de Génova…pues ocho o nueve años.

-Diez- interrumpió el hombre.

Aunque se ofendió y sintió el impulso de decirles que ya tenía prácticamente doce años, permaneció inmóvil para no levantar sospechas, estaba harto de que la gente le creyera más pequeño de lo que realmente era.

La mujer guardó silencio escuchando las explicaciones de su hermano al otro lado de la línea.

-Está bien, tardaremos una hora más o menos, cuando estemos llegando te aviso… no, no creo que haya problemas, ahora va dormido, seguro que está cansado del esfuerzo…vale, adiós.

-¿Qué ha dicho?- preguntó el hombre.

-Que es un menor y hay que buscar a sus padres, nos va a esperar en la comisaría. Dice que le avisemos cuando lleguemos porque está de patrulla.

Ccesco se arrepintió de inmediato de haber subido al coche al escuchar que le iban a entregar en comisaría, pensó en la mala suerte que había tenido por cruzarse justamente con la hermana de un poli, y empezó a reflexionar en cómo iba a escapar antes de llegar a Génova.

*

Notó que la velocidad del coche se redujo hasta que finalmente el hombre paró el motor. No podían haber llegado aún porque la mujer no había vuelto a llamar a su hermano, pero seguro que estaban cerca porque llevaban bastante tiempo en marcha. Recordó que el viaje que hizo con David a Génova les llevó aproximadamente una hora y media por lo que dedujo que prácticamente estaban ya en las afueras. Comenzó a hacer cálculos mentales, había contado el número de canciones que se habían escuchado en la radio, le salían casi veinte, si cada canción duraba entre tres y cuatro minutos, eran un total de sesenta u ochenta minutos, por lo que llevaban más de una hora de trayecto. Se mantuvo expectante, si el hombre arrancaba el motor de nuevo saldría corriendo por sorpresa.

-Voy a comprarle algo de comer al niño mientras echas gasolina, te espero dentro- dijo la mujer mientras salía del coche.

Sintió alivio porque iba a ser más fácil de lo esperado salir de allí. Cerró los ojos y permaneció inmóvil porque tuvo la sensación de que el hombre le observaba a través del cristal mientras repostaba.

Dejó de escuchar el sonido robótico de la manguera vomitando gasolina y por fin notó cómo el hombre la dejaba con estrépito en el surtidor, así que esperó un par de segundos en silencio y después levantó la cabeza para comprobar que ya nadie le vigilaba.

Se sentó para ponerse las zapatillas mientras estudiaba las alternativas, debía pensar con rapidez dónde esconderse. Delante había un coche pequeño así que lo descartó porque ese tipo de coches apenas tenía espacio en el maletero. Miró a su izquierda y sonrió.

Abrió la puerta con cuidado y caminó en cuclillas para que el cuerpo del vehículo le tapara la huida. Cuando llegó a la parte trasera del BMW abrió el maletero y se tumbó dentro apoyando la cabeza en la mochila, después bajó con cuidado la puerta para que no se cerrara completamente. Era un modelo antiguo pero era bastante largo y amplio, en cuanto se alejaran de allí unos kilómetros intentaría saltar porque no sabía a dónde se dirigía aquel BMW y temía que le desviara demasiado del camino. Le daba pena abandonar la bicicleta pero se consoló pensando que podía comprar otra en cuanto encontrara una tienda.

Abrió ligeramente la puerta al escuchar su nombre, lo justo para observar sin ser visto. La pareja ya había descubierto su fuga y le buscaban llamándole a gritos. Se extrañó cuando vio que la mujer comenzaba a llorar y se abrazaba al hombre, parecía que realmente había perdido a su hijo, al principio le dio pena pero después recordó que aquellos traidores pretendían entregarle a la policía.

El coche se puso en marcha y comenzó a moverse, se sintió mejor al ver cómo la gasolinera quedaba atrás haciéndose cada vez más pequeña hasta que finalmente se confundió con el paisaje.

*

El vehículo continuaba su camino y no podía bajarse, cada vez que asomaba la cabeza se asustaba, no se atrevió a saltar así que se tumbó y decidió esperar a que el conductor tuviera que detenerse por algún motivo. Después de unos minutos se quedó dormido.

Abrió los ojos sobresaltado al sentir unas turbulencias, la suspensión rebotaba con fuerza haciendo que todo se moviera de forma descontrolada.

El coche se había detenido tras un violento impacto frontal, estaba claro que habían tenido un accidente, por suerte el traqueteo se detuvo con el golpe. Después de esperar un instante para ver si había algún tipo de reacción en el exterior, abrió el maletero lentamente. Ya era de noche, vio con extrañeza que se habían salido de la carretera y estaban en un terraplén, rodeados de hierbajos. Salió con cuidado y permaneció en cuclillas detrás del coche mientras estudiaba el terreno solitario.

El vehículo había chocado con un árbol y el conductor no se movía, tal vez estaba inconsciente, cogió una gran piedra por si tenía que defenderse y se acercó lentamente para comprobarlo.

-Señor- dijo abriendo la puerta y alzando la piedra por si debía lanzársela.

La enorme cabeza del hombre reposaba sobre el hombro mientras un líquido le goteaba por la descuidada barba.

-Señor- repitió zarandeándole por el hombro.

Apestaba a whisky. Ccesco sonrió por su suerte al reconocer aquellas pastillas que estaban tiradas por su regazo, si aquel tipo las había mezclado con alcohol dormiría horas, lo sabía porque eran las mismas que tomaba su madre y que mezclaba con otras drogas.

Se metió en el asiento del copiloto y comenzó a empujarle con todas sus fuerzas hasta que logró que la mitad de su cuerpo cayera fuera del vehículo, después salió para arrastrarle con gran esfuerzo hasta que el asiento quedó libre.

Cerró las puertas y se sentó sobre su mochila para ver mejor. Después de tres intentos logró que el coche no se le calara y emprendió el camino, ahora debía averiguar hacia dónde dirigirse.

La oscuridad de la noche que tanto le angustiaba se convirtió ésta vez en su cómplice ya que le hacía pasar desapercibido, a la luz del día tendría más complicaciones porque alguien llamaría a la policía en cuanto se percataran de que un niño iba al volante del enorme vehículo.

No iba a tener opción de comprobarlo porque finalmente debería continuar a pie. Acababa de pasar Monieux y se dio cuenta de que llevaba un tiempo con el depósito en reserva, el coche protestaba mediante pequeños tirones de motor. Aquel estúpido no había parado en la gasolinera para repostar sólo para comprar bebida.

Redujo la velocidad y sacó el coche de la carretera para esconderlo entre los árboles, allí podría pasar la noche resguardado.

El silencio de la naturaleza, interrumpido únicamente por los grillos, junto con la profunda oscuridad, le acabaron intimidando así que subió las ventanillas y encendió la radio para escuchar alguna voz humana. Cogió un paquete de galletas de su mochila y comenzó a comer mientras se dedicaba a registrar en la guantera. Allí encontró un móvil. Cogió el cargador y lo enchufó, aquel borracho era un descuidado que no se preocupaba ni por su coche ni por su teléfono.

Reclinó el asiento al máximo y se puso un jersey porque en aquel paraje natural comenzaba a hacer fresco.

Quince

-¿*Por qué no quieres venir?*

-*Es mejor dejarle en paz, no nos ha hecho nada.*

-*Es sólo un pequeño susto- sonrió Paolo.*

No quiso entrar en razón y desapareció repentinamente como polvo llevado por el viento. Ccesco se puso en pie y le buscó con preocupación por el descampado.

Corrió con todas sus fuerzas hacia la tienda del Quemao. Golpeó con las palmas de la mano el escaparate mientras intentaba gritar, no podía, su garganta no funcionaba.

Paolo apuntaba sonriendo a Salvattore que permanecía inmóvil con los brazos en alto. Con la pistola hizo una señal inequívoca hacia la caja y el Quemao se dirigió a ella.

Por mucho que golpeaba el cristal Ccesco no llamaba la atención de su amigo.

Salvattore sacó la pistola que tenía guardada junto a la caja y sorprendió a Paolo al que le fue imposible reaccionar ante los repentinos disparos.

223

-¡Paolo!

El calor del sol de la mañana atravesaba el cristal y le golpeaba abrasándole el rostro. Rápidamente sacó de su caja de Spiderman las fotos de David y Filipo para mirarlas y así reconfortarse mientras su corazón recuperaba el ritmo normal.

Al ver la cara de David recordó dónde estaba y hacia dónde se dirigía lo que le hizo cargarse de fuerza para continuar. Recogió todo en la mochila aceleradamente y salió sonriente del coche, pensando en la gran hazaña que había conseguido hasta el momento. Jamás se imaginó que iba a salir de su barrio y se iba a encontrar nada menos que en Francia, agarró el mapa con ilusión y comenzó a calcular la distancia que le restaba hasta su meta, comprobó que ya había recorrido casi un tercio del camino.

*

Hacía tanto calor que la mochila parecía pesar el doble y además ya no le quedaba agua. Por suerte, después de andar casi una hora, llegó a un área de servicio donde podría comer y beber. Antes de entrar se paró a observar los enormes camiones que estaban aparcados junto a la entrada, pensó que los camioneros viajaban mucho y seguro que podía encontrar alguno que le llevara a España.

Al entrar se acercó al primer hombre que vio en la barra para probar suerte.

-Señor, ¿va a España?

-Pas la peine- espetó empujándole por el hombro.

-Gilipollas- murmuró el niño entre dientes.

Aquella reacción hostil no le hizo abandonar su empeño y se acercó a una mesa donde comían tres hombres mientras charlaban animadamente.

-Hola- dijo el pequeño tímidamente -¿Alguno a España?

Los tres hombres le miraron confusos en silencio.

-¿Spain?- preguntó al fin uno de ellos.

-Yes, Madrid.

-Sorry, Berlín- dijo señalándose el pecho para después señalar a sus compañeros –Munich and Amsterdam.

-Thank you- respondió el pequeño con frustración.

-Forza Milan- dijo el hombre para animarle.

Ccesco esbozó una pequeña sonrisa de agradecimiento mientras se alejaba, cuando se dirigía a otra mesa escuchó que alguien le llamó chistando.

-Chico.

Un hombre calvo y con un aspecto descuidado le hizo un gesto con la mano antes de coger una jarra de cerveza.

-¿Vas a Madrid?- preguntó con ilusión renovada al acercarse.

-No, tengo un cargamento para Montpellier- dijo el hombre en italiano pero con un extraño acento del Este.

-¿Montpellier?

Sacó rápidamente el mapa de carreteras de la mochila y comenzó a buscar la situación de aquella ciudad con el dedo, por fin sonrió feliz al descubrir que ir hasta allí le acercaría a la frontera con España.

-¿Me llevas contigo?, tengo dinero, te pagaré la gasolina.

-Eso está bien- sonrió el hombre mostrando sus dientes descuidados y dejando a la luz un colmillo de oro –ya hablaremos cuando estemos allí. ¿Cómo te llamas?

-Ccesco- al principió dudó si revelarlo pero luego pensó que era inútil ocultar su nombre ya que lo llevaba escrito en la espalda.

-Yo me llamo Danko.

-¿Danko?- rió el niño –vaya nombre.

-¿Porqué?

-Un amigo mío le puso ese nombre a su perro.

-¿Quieres comer algo?-sonrió Danko al descubrir que tenía nombre de perro.

-Sí.

*

Ccesco miraba el paisaje a través de la ventana, en una hora aproximadamente estaría en Montpellier, puede que allí encontrara otro camionero que le llevara hasta Madrid o a otra ciudad española, al final no iba a necesitar otra bicicleta ni iba a tardar semanas en llegar.

De repente recordó al hombre francés del bar, rebuscó en su mochila y sacó la traductora.

-Pes…Pas le…- murmuró intentando recordar la frase de aquel hombre.

-Pas la peine- interrumpió el camionero.

-Pas la peine. ¿Cómo se escribe?- preguntó el niño ofreciéndole la traductora.

Danko miró la máquina de reojo mientras conducía.

-¿Eso qué es?

-Una traductora.

-Déjame en paz.

El pequeño retiró la mano asustado por su respuesta.

-Pas la peine. Déjame en paz.- sonrió Danko —Es francés, no me hace falta tu máquina.

Ccesco respiró aliviado, por un momento había pensado que aquel hombre se había enfadado.

-¿Sabes francés?- preguntó con admiración.

-Francés, italiano, ruso, croata, inglés y algo de polaco. He viajado mucho.

-¿De dónde eres?

-De todas partes. Nací en Rusia, pero he vivido en Alemania, Polonia, Yugoslavia cuando era un solo país, Italia, Francia, Inglaterra, sí, creo que eso es todo.

-Yo soy de Milán, pero voy a vivir a Madrid con mi padre.

-Eso está bien.

Ccesco comenzó a estudiar la cabina sorprendido por la amplitud, se puso de rodillas en el asiento y miró tras una cortina que había detrás de los respaldos para descubrir un pequeño habitáculo decorado con fotos y calendarios de mujeres desnudas, también había un colchón y una vieja televisión.

-Es como una casa- sonrió avergonzado ante la visión de tantos pechos siliconados.

-Sí, como los viajes son largos hay que dormir en la carretera.

El niño se sentó a mirar al frente buscando con impaciencia algún cartel que le informara de la distancia que quedaba hasta Montpellier.

-Algunos duermen en hostales o en hoteles, yo prefiero dormir en el camión.

-Pero es incómodo ¿no?

-Te acabas acostumbrando, además, así me ahorro dinero y vigilo la carga. Hay muchos robos.

-¿Qué transportas?

-De todo un poco. Lo que me pidan, ahora mismo llevo tecnología: móviles, televisores, reproductores de música y todo eso.

Ccesco sonrió amargamente, pensando en lo feliz que sería Paolo si pudiera llevarse un camión así.

Ya habían entrado en Montpellier, se percató por los carteles, así que miró disimuladamente en su mochila mientras Danko aparcaba el camión en el polígono industrial donde debía dejar la carga.

-Bueno, ya estamos, yo no puedo meter este camión por el centro de la ciudad así que debes buscar un taxi o a alguien que te lleve a la estación- apagó el motor y le miró –desde allí hay trenes hasta Barcelona.

Ccesco pensó que darle un fajo entero era demasiado así que separó una decena de billetes de cien euros, consideró que con eso sería suficiente para pagar la gasolina.

-No me dejan viajar solo, dicen que tengo que ir con mis padres. Si me hubieran dejado podría haber cogido un avión directo a Madrid desde Milán.

-Bueno, no compres billete, métete en el tren y permanece atento, cuando veas al revisor escóndete.

Ccesco sonrió pícaramente por el consejo y después estiró la mano con los billetes.

-Toma, por traerme.

Danko le acarició la cara, mostró una sonrisa que le resultó tristemente familiar por lo que bajó la mano en la que sujetaba los billetes y arrugó el entrecejo.

-No quiero dinero, ¿por qué no pasamos ahí atrás?

El niño comprendió enseguida sus intenciones así que le tiró el dinero a la cara, el camionero inclinó el cuerpo sobre él. Ccesco le empujó con todas sus fuerzas para liberarse, abrió la puerta con la torpeza impuesta por la necesidad de huir de la cabina, y pegó un salto para empezar a correr con la mochila a cuestas mientras pensaba que debía haber traído la pistola que dejó en casa de Estéfano para poder así darle una lección a Danko.

-¡Eres un desagradecido, niñato de mierda!- gritó el camionero con frustración.

*

Corrió con todas sus fuerzas sin mirar atrás, sin parar hasta salir de aquel polígono, temía que Danko le persiguiera. Ya no iba a volver a vender su cuerpo, ahora era otra persona, dueño de su cuerpo y de su vida.

Vio con alegría cómo se acercaba un taxi y, sin dejar de correr, levantó el brazo para llamar su atención y hacerle parar.

-Station- dijo jadeando mientras saltaba en su interior –train.

-Oui.

Apoyó las rodillas en el asiento para mirar a través del cristal trasero. Por suerte no había rastro de Danko ni de su camión, así que se sentó de nuevo para recuperar el aliento y vio que el taxista le sonrió a través del retrovisor.

-Forza Milan- dijo el conductor.

Ccesco apoyó la cabeza en el respaldo y soltó una carcajada liberadora.

*

-Mierda.

Comenzó a correr hacia los andenes, el tren a Barcelona estaba anunciado para las cinco cero seis. Se abrió paso a empujones entre el bullicio de la tarde en la estación, por fin respiró aliviado cuando llegó al tren a tiempo y se pudo sentar en un asiento vacío.

Sonrió al acordarse del taxista, al llegar a la estación y detener el vehículo le entregó un billete de quinientos euros y le dijo que se quedará el cambio. El hombre agradecido repitió "Forza Milan" tres o cuatro veces, parecía no creérselo.

Suspiró con alegría cuando las puertas se cerraron y el tren inició la marcha. Ya estaba de camino a España, pronto volvería a ver a David.

Seguro que Paolo estaría orgulloso de él porque había llegado más lejos de lo que cualquier chaval del barrio podría aspirar.

Miró la hora en el móvil que había conseguido del borracho del coche, tres horas y aún no habían llegado. ¿Por qué eran tan lentos los trenes?

-Perdone señor, ¿cuánto falta?

-¿Excusez moi?

-Time, Barcelona- dijo mientras abría la cremallera de la mochila para sacar la traductora.

-Ah- exclamó el hombre sentado a su lado —One- dijo alzando el dedo índice —and half hour- finalizó haciendo una equis con los dedos.

Se le cortó la respiración cuando vio a la revisora pidiendo billetes en el final del vagón, todo había acabado, le bajarían del tren, le entregarían a la policía francesa y quién sabe qué más.

-Thank you- dijo mientras se levantaba con rapidez.

Se metió en el baño y cerró la puerta. Después de refrescarse la cara, se pasó las manos por el pelo y apoyó la espalda contra la puerta.

-Monsieur, billets s'il vous plaît- se escuchó una voz femenina, después dos leves golpes en la puerta

Cescco comenzó a teclear en la traductora.

-Occupé.

-Enfant, ouvre la porte

Sonrió con la idea que le vino de repente, se bajó los pantalones y se sentó en la taza del wáter, después abrió la puerta.

-My father has the ticket.

La rmujer, avergonzada por la situación, cerró rápidamente la puerta.

-Ok, ferme la porte, close the door, don't worry.

-Don't worry be happy- dijo el niño.

La revisora soltó una carcajada por la ocurrencia del pequeño y continuó su camino.

Ccesco se subió los pantalones y se asomó al pasillo, cuando comprobó que estaba seguro se dirigió al final del tren para intentar pasar desapercibido. Por suerte le había tocado una mujer, si hubiese sido un hombre el revisor hubiera salido todo mal porque seguro que le hubiera esperado tras la puerta para comprobar que llevaba billete. Las mujeres eran más sensibles y se apiadaban de los niños.

Dieciséis

Por fin había llegado a España. Al tiempo que masticaba la carne de la hamburguesa reflexionaba estudiando el mapa, sólo le separaban seiscientos kilómetros de Madrid y tenía que encontrar la forma de recorrerlos. Después de la experiencia con la pareja de Génova, y con el camionero Danko, descartó hacer dedo en la carretera. Tampoco se planteó colarse en un tren nuevamente tras el susto con la revisora. Estaba tan cerca que no podía cometer ni un solo error que le echara por tierra todo el camino recorrido.

Separó los panes para mirar la carne, antes le gustaba comer en los restaurantes de comida rápida pero después de haber probado la comida de los restaurantes caros que visitó con David, aquella hamburguesa no le parecía tan jugosa.

Después de cenar se puso a pasear por los alrededores de la estación mientras seguía pensando en cómo llegar a Madrid. Tal vez debería comprar otra bicicleta ya que le quedaba menos de la mitad del camino.

Se sentó a observar una fila de coches parados frente a la puerta y después de un rato sonrió.

¿En taxi?

Debía intentarlo, si algo salía mal podría saltar y escapar. Caminó de forma decidida hacia el primero de ellos y se introdujo.

-Bona nit- dijo el conductor sin dejar de leer el periódico.

-Voglio andare a Madrid

-¿Madrid?- preguntó el taxista doblando el periódico y girándose para mirarle extrañado por encima de las gafas.

-Sì, qui- Ccesco estiró el brazo para entregarle la hoja donde tenía apuntada la dirección de David.

-Madrid, buf- resopló el hombre -¿Por qué no vas en tren o en avión?

-Non posso, non me lo permette.

-No te entiendo bien, ¿hablas castellano?

Rebuscó en su mochila y sacó un fajo entero de billetes para entregárselo. Al taxista le cambió la cara completamente, cogió sorprendido el dinero, se quitó las gafas y pasó el pulgar para comprobar que debía haber por lo menos diez mil euros entre billetes de cien, doscientos y quinientos.

-Me parece que ahora hablamos el mismo idioma- dijo mostrando una amplia sonrisa —ya sabes lo que dicen, Barcelona es bona si la bolsa sona.

-Non capisco niente- sonrió el niño negando con la cabeza.

-Eso digo yo, el refrán nunca miente- el hombre guardó el dinero en la guantera y recuperó su posición para arrancar el coche, después le miró sonriente por el retrovisor -¿A Madrid?

-A Madrid- dijo Ccesco señalando hacia el frente, feliz por haber llegado al entendimiento.

Mientras recorrían la ciudad en busca de la salida a la autopista, se dedicó a observar emocionado las luces que iluminaban la vida nocturna de Barcelona, toda su congoja y sus malos recuerdos desaparecieron al mirar la foto de David y sentir que el corazón se le llenaba de esperanza por una nueva vida que estaba a punto de empezar.

*

Ccesco sintió un ligero zarandeo por el hombro, abrió los ojos, aún atontado por el sueño, y vio el rostro amable del taxista.

-Ya estamos aquí.

El pequeño se incorporó y se pasó la mano por la cara, después miró a través de la ventanilla y sonrió.

-¿Madrid?

-Sí- respondió el hombre –aún es temprano y todo…

-Aspetta – interrumpió el niño –non capisco.

Después de meter la mano en la mochila sacó la traductora para entregársela.

-¿Qué es esto?- preguntó estudiando la pequeña máquina, después sonrió al comprender y comenzó a escribir –è troppo presto, tutto è chiuso.

Ccesco soltó una carcajada al escuchar cómo leía torpemente el resultado de la pantalla. El taxista sonrió y volvió a escribir.

-¿Vuole dare un giro di Madrid?- dijo haciendo un movimiento circular con el dedo índice.

El pequeño afirmó entre risas. Cuando el hombre iba a iniciar la marcha le tocó el hombro.

-¿Sapete dove lo stadio Santiago Bernabeu?

-¿El Bernabeu?, claro, pero no sé para qué quieres verlo, no merece la pena perder el tiempo...

-Real Madrid- insistió señalando hacia el frente.

-Sí, vale, vale.

Ccesco se bajó del taxi y miró hacia arriba asombrado.

-¡Molto bello!- exclamó.

-Il stadio di Barcellona è più bello- dijo el hombre lentamente después de teclear.

El pequeño cogió la traductora y comenzó a escribir, después leyó la pantalla.

-Cuando sea mayor voy a jugar en el Real Madrid.

-Buuuh- exclamó el hombre apuntando con el pulgar hacia el suelo.

Ccesco se rió e imitó el gesto.

-Barcellona buh.

El taxista soltó una carcajada.

-Pero, ¿eres del Milan o del Madrid?- preguntó señalando hacia su camiseta.

-¡Forza Milan, hala Madrid!- exclamó el niño alzando el brazo.

-Buuuh- repitió el hombre entre risas.

Después de caminar un rato alrededor del estadio volvieron al taxi.

-¿A dónde vamos?

-Atlético de Madrid- dijo pasándose de un salto al asiento del copiloto.

El taxista sonrió e inició la marcha por la Castellana mientras Ccesco disfrutaba del paisaje urbano.

-Mira- señaló el hombre –Cibeles.

-¿Cibeles?- preguntó observando la estatua.

-Sí, cuando Madrid campeón, all the people here.

-Ah- miró con detenimiento los leones de piedra iluminados por los focos de luz para enaltecer sus figuras, y la forma esbelta de la diosa erguida sobre el carro que expulsaba agua por la parte delantera.

Al acercarse a la siguiente glorieta, el taxista redujo nuevamente la marcha y señaló hacia la fuente.

-Neptuno. Cuando el Atlético campeón, all the people here.

Ccesco miró la fornida figura del dios del mar y sonrió pensando lo cerca que estaban las dos fuentes de los equipos rivales, se imaginó que cuando alguno de los dos equipos ganaba algo habría problemas en las celebraciones. De repente perdió la sonrisa cuando reconoció la estructura de aquel edificio, se santiguó con respeto mientras observaba la estación.

-Atocha- dijo ante la sorpresa del taxista.

-¿Conoces Atocha?

Ccesco juntó las manos y, imitando con la boca el sonido de una explosión, las separó rápidamente.

-Televisione italiana.

El conductor sonrió amargamente y guardó silencio rememorando las imágenes del atentado que vio por televisión y que conmocionaron al país.

*

-Está cerrado aún- dijo el taxista antes de teclear – è ancora chiuso, ¿vuoi che io stare con te?

- No, grazie- respondió estirando el brazo para señalar –C'é un bar aperto, andare a fare colazione.

-OK, bye.

El pequeño observó cómo el taxi de aquel hombre tan simpático se alejaba lentamente, después se dirigió al bar. Tenía una extraña mezcla de sentimientos, se impacientaba con cada minuto que pasaba, pero a la vez la incertidumbre y el miedo crecían en él. Temía el rechazo de David, le aterraba pensar que, después de todo el camino recorrido, no quisiera verle y se encontrara solo en aquella enorme ciudad, porque no era lo mismo su amistad en Milán, donde sólo estaba de paso, que aparecer de repente en su lugar de trabajo para intentar entrar en su vida definitivamente.

-Cioccolato e croissant- dijo acercándose a la barra.

Después se dirigió a una mesa, dejó la mochila sobre una de las sillas y se acomodó, por suerte el bar estaba aún vacío, era el primer cliente de la mañana, así no se sentiría intimidado por miradas extrañas.

El tiempo que tardaron en servirle el desayuno lo dedicó a mirar una y otra vez las fotos que se habían hecho en la piscina de Filipo.

-Aquí tienes- dijo la camarera con voz amable mientras dejaba el vaso y el plato.

-Grazie.

-¿Italiano?

-Sí. Milano.

-Molto bene.

Ccesco esbozó una tímida sonrisa y la mujer le acarició la cabeza antes de retirarse.

Para hacer tiempo leyó un periódico deportivo que había cogido de la barra, los fichajes de Kaká y Cristiano Ronaldo llenaban varias páginas repletas de fotografías. Utilizó la máquina para traducir algunas noticias, no es que le interesaran mucho pero intentaba matar el tiempo y mantener ocupada la mente para no ponerse nervioso.

Aunque aún era temprano el sol ya empezaba a brillar con intensidad.

*

David se había acomodado en su despacho y se había servido un vaso de zumo, que dejó junto a unas hojas bien ordenadas que tenía sobre la mesa. Apenas leyó la primera tuvo que apoyar la espalda para suspirar, nunca le habían parecido tan aburridos aquellos informes, desde que volvió de Milán se sentaba en su despacho sin encontrar sentido a su trabajo ni a su forma de vivir.

En estas últimas dos mañanas su despertar se había transformado en un calvario de desgana y dejadez que le empujaban a abandonar todo lo que había sido en las últimas dos décadas. Ya no tenía ganas de emplear más fuerzas en cuadrar cuentas y ganar dinero, sólo quería disfrutar de los pequeños placeres de la vida.

Sonrió con amargura al ver la cara del pequeño Ccesco en la foto que había enmarcado con cariño para tenerla siempre a su lado, la que le recordaba que por encima del dinero había otras cosas menos materiales, y menos tangibles, pero que llenaban la vida mucho más y hacían feliz. Una felicidad de tal magnitud que era difícilmente explicable.

Cogió de nuevo la primera hoja para retomar la lectura pero no pudo más, descargó su tensión lanzando el informe económico por los aires, observando cómo los folios volaban libres y desordenadamente hasta dispersarse por el suelo del despacho.

Se pasó las manos por el pelo y después apoyó la frente sobre la mesa para intentar dejar la mente en blanco. El sonido monótono del interfono le hizo levantar la cabeza ligeramente mientras estiraba el brazo en busca del botón.

-¿Sí?

-David, tienes una llamada.

-Pásamela.

Normalmente hubiera preguntado el nombre de la persona que estaba al otro lado de la línea y el asunto a tratar, pero ahora no, porque lo que necesitaba en este momento era escuchar la voz de alguien y entablar cualquier tipo de conversación que le distrajera.

-Sí, dígame- dijo después de levantar el auricular.

Silencio.

-¿Sí?- insistió pensando que se había cortado la comunicación.

-¿David?

Silencio.

David quedó momentáneamente impactado al reconocer su tono de voz.

-¿Ccesco?

Los agudos pitidos le anunciaron la interrupción de la conversación.

-¡Laura!- gritó dando un salto y corriendo hacia la puerta.

La secretaria se levantó sobresaltada al verle tan agitado.

-David, ¿estás bien?

-Escucha- dijo intentando recobrar el aliento –la llamada se ha cortado, es muy importante, quiero que intentes restablecerla.

-Sí- afirmó mientras tomaba asiento.

*

Había sentido una explosión de alegría al escuchar de nuevo su voz, pero tuvo que cortar la llamada. El miedo al rechazo le empujó inconscientemente a apretar la tecla roja y finalizar la comunicación. Su pequeña mente no podría asimilar que David le dijera que tenía mucho trabajo o que estaba ocupado y no podía verle.

El corazón se le inundó de alegría cuando vio que el móvil comenzaba a vibrar insistentemente sobre la mesa anunciando una llamada, el mismo número que acababa de marcar se dibujó en la pantalla.

Rápidamente se levantó y se guardó el teléfono en el bolsillo, arrojó un billete de cincuenta euros en la barra y salió corriendo.

-Espera niño- dijo la camarera –el cambio.

Mientras subía en el ascensor se miraba al espejo para comprobar su aspecto, bastante limpio después del largo camino que había recorrido para llegar hasta aquí. En el baño del bar se había lavado bien la cara, el cuello y los brazos.

Se sacó el teléfono del bolsillo para mirarlo, no había parado de vibrar ni un segundo lo que interpretó como que David tenía tantos deseos de hablar de nuevo como él mismo.

*

-David- sonó la voz de Laura metalizada por el interfono.
-Sí.
-El teléfono da señal pero nadie lo coge.
-Insiste por favor, es muy importante.
Laura no podía ni imaginar lo que aquella llamada significaba. Desde que se subió al avión en Milán, David no podía quitarse de la cabeza al pequeño, no paraba de releer su nota y de mirar su foto una y otra vez, como una obsesión enfermiza que le estaba impidiendo vivir con normalidad.

*

-¿Qué quieres chico?- dijo Laura mientras volvía a teclear en el teléfono.
-¿David?
-David está muy ocupado.
Ccesco dejó la mochila en el suelo mientras sentía que el bolsillo comenzaba a vibrar de nuevo. Se sacó el móvil para dejarlo sobre la mesa, en frente de Laura que lo miró extrañada. Cuando comprendió la situación colgó el auricular y miró al niño que sonreía tímidamente. La secretaria no tuvo que decir nada para autorizarle el paso, simplemente sonrió con complicidad.

*

David caminaba nerviosamente de un lado a otro del despacho esperando a que Laura cumpliera su cometido, cuando sintió que alguien abría la puerta con lentitud se paró a observar imaginando que sería su secretaria con alguna noticia.

No pudo hacer ni decir nada, se quedó petrificado al ver al pequeño de pelo revuelto con la camiseta del Milan que se había convertido casi como en una segunda piel. Ccesco le miró durante un instante pero desvió la mirada cuando sintió que el nudo del estómago ascendía por la garganta y amenazaba con explotar en forma de lágrimas. No quería que le viera llorar porque todo era diferente ahora, ya no era el mismo niño que conoció en Milán, ahora era un hombre, todo un peligroso capo que había perdido el miedo a matar.

David miraba al niño en silencio, sin atreverse a decir nada, como si estuviera ante un espíritu o una aparición a la que había que respetar.

Ccesco se acercó a la mesa y cogió el vaso que había junto a unos papeles para olerlo exageradamente, con solemnidad, después dio un sorbo.

-Es zumo- afirmó sorprendido y a la vez orgulloso de que el pacto de caballeros que habían hecho frente al hotel el día que se conocieron siguiera en pie.

David le observaba en silencio sin saber qué decir. Finalmente sonrió y se arrodilló para ponerse a su altura y poder abrazarle, Ccesco le miró y esbozó una amarga sonrisa, ya no pudo evitar que alguna lágrima incontrolable escapara de sus ojos, aunque mantuvo la entereza en la voz.

-Tenías razón- dijo sin dejar de mirarle fijamente –mi madre no me quería.

-No viniste a despedirme- logró decir por fin David –me debes un abrazo.

El niño comprobó que, aunque era un hombre, su amigo tampoco controlaba las lágrimas rebeldes que conseguían escapar en silencio de sus ojos, le impactó tanto ver el llanto contenido de David que se acercó rápidamente para abrazarle y hundir la cara en su hombro, por fin lloraba con todas sus fuerzas mientras David le abrazaba preguntándose aún cómo había llegado hasta aquí.

Diecisiete

"*Madrid, Febrero 2010*"

Hoy, por fin, me han concedido la custodia.

Han pasado casi ocho meses desde que le conocí, su cruce en mi camino me ha iluminado la vida y me ha hecho replantearme los valores que la regían.

Aquel pequeño que encontré en la calle, con el que jugaba al fútbol en los parques de Milán, es ya oficialmente mi hijo.

El proceso por su custodia ha sido rápido, lo sé, pero el caso lo merecía y además, por suerte para mi, si en este país tienes dinero suficiente para pagar un buen abogado, y dispones además de buenos amigos en cargos de relevancia, puedes conseguir en menos tiempo y con menos esfuerzo cosas que al ciudadano de a pie le costarían sangre, sudor y lágrimas. Así es el mundo capitalista en el que vivimos, sólo lo mueve el dinero, el poder y las influencias.

Cuando Ccesco llegó a mi despacho, después de que pasara toda la emoción y el llanto del momento, estuvimos hablando largo y tendido, me explicó que tuvo que huir por algo terrible que le había hecho a un traficante.

El odio y el temor que su madre le había inculcado hacia cualquier institución le había llevado a detestar a la policía, pero al final le logré convencer de que era la única forma de buscar una solución.

Llamé a Javier, un buen amigo mío y que lidera un excelente despacho de abogados.

En un día preparó una serie de papeles, ininteligibles para mí, y fuimos a comisaría a denunciar los hechos. Al principio se quedaron sorprendidos, quizás abrumados o superados porque estábamos denunciando delitos cometidos en el extranjero. El agente que nos atendió tuvo que hacer algunas llamadas, consultar la forma de actuar, porque lo normal era que se denunciaran hechos locales, no tenía claro si podían llegar tan lejos.

Javier le citó algún artículo acerca de la Unión Europea y la colaboración entre las policías de todos los países con esa jerga leguleya que es tan complicada de entender para los profanos en la materia, y que tan bien expresa.

Los primeros días no pararon de enviarnos de un lugar a otro, jueces de menores, psicólogos infantiles, policías... Ccesco estaba un poco asustado entre tanto movimiento de adultos desconocidos a su alrededor por lo que no me separé ni un instante de su lado.

Aunque yo sé italiano no me permitieron actuar de traductor por si influenciaba o guiaba las declaraciones del niño así que trajeron un traductor imparcial de la policía.

Durante este proceso pretendieron llevar a Ccesco a un centro de acogida, por suerte, al tener ya los doce años, escucharon su voluntad y le permitieron quedarse conmigo.

Cuando los carabinieri, la policía italiana, fueron a su casa encontraron a su madre muerta debido a una sobredosis, cuando le di la noticia no pareció afectarle mucho...

...Ya hemos ido varias veces al Bernabéu, le encanta ver el fútbol en el estadio, pero le gusta aún más jugarlo. Ahora alterna entre la camiseta del Milan y la del Madrid, me hizo comprarle la equipación del jugador que se ha convertido en su favorito, Kaká, tal vez por haber jugado en los dos equipos que le gustan.

Pasamos todas las tardes juntos, hacemos los deberes, jugamos en el parque, y los lunes y miércoles le llevo a entrenar con el equipo del colegio. Se está preparando porque este año quiere hacer las pruebas del Madrid o del Atléti, su ilusión máxima es jugar con un equipo de los grandes...

...Es muy despierto e inteligente, ha aprendido el español enseguida, aunque nunca se separa de su pequeña traductora por si no entiende alguna palabra...

...Me encanta verle jugar con otros niños. Al principio Ccesco observaba a todos como si estuviera en un plano superior, como si perteneciera a una dimensión distinta. Realmente era así, sus vivencias eran muy diferentes a la de estos niños cuya noción del sexo es aún la de un simple beso en la boca. Con el paso de las semanas se fue adaptando y ahora es un niño más.

Tiene muchos amigos y amigas, incluso parece que ha empezado a salir con una niña de su clase que le ha hecho tilín, o eso me parece, se muestra bastante tímido en su presencia, aunque sigue siendo travieso y bromista cuando ella no está...

...Dicen que los niños son de goma y estoy comprobando que es cierto, tienen una capacidad regenerativa que los adultos hemos perdido. Nosotros, ante cualquier adversidad, nos hundimos y creemos que todo se ha acabado, sin embargo ellos son capaces de sobrevivir al más terrible de los problemas y continuar con sus risas y sus juegos.

Sí, tal vez deberíamos aprender a mirar la vida con sus ojos, nunca tendríamos que dejar de ser niños...

...Los ojos tristes y vacíos de Ccesco han cambiado totalmente, por fin tiene esa mirada infantil, inocente y llena de alegría que debería tener cualquier niño. Con sus bromas, sus juegos y sus travesuras me ha traído la verdadera felicidad...

...Aún es un niño y tiene tantas cosas por aprender...

...Por fin está aprendiendo a reír, a jugar, a ser feliz...

...y lo más importante, está aprendiendo a vivir."

*

*

" David tenía razón, para cumplir un sueño hay que luchar por él.

Este verano vamos a volver a Milán, quiero contarle a Filipo que el toro funciona y que él también tenía razón: si pides un deseo y crees mucho, mucho, mucho, se acabará cumpliendo."

*

"Lo que se les dé a los niños, los niños darán a la
sociedad."
*Karl A. Menninger (1893 - 1990), psiquiatra
estadounidense.*

www.ingramcontent.com/pod-product-compliance
Lightning Source LLC
Chambersburg PA
CBHW071832020726
47502CB00004B/1331